Carlos Peramo

Me refiero a los Játac

BRUGUERA

Barcelona · Bogotá · Buenos Aires · Caracas · Madrid · México D.F. · Montevideo · Quito · Santiago de Chile

1.ª edición: abril 2007

© Carlos Peramo, 2007
© Ediciones B, S. A., 2007
    para el sello Bruguera
    Bailén, 84 - 08009 Barcelona (España)
    www.edicionesb.com

Printed in Spain
ISBN: 978-84-02-42031-2
Depósito legal: B. 10.238-2007

Impreso por ROMANYÀ VALLS, S.A.

Carlos Peramo

Me refiero a los Játac

II Premio de Novela Bruguera
otorgado, el 14 de febrero de 2007, por la escritora Ana María Matute
en calidad de jurado único.

Para Jorge, Albert, Tiny, Betu y Carlos,
que hace ya mucho tiempo, y sin saberlo,
empezaron a escribir este libro

Las cosas más importantes son siempre
las más difíciles de contar.

STEPHEN KING, *El cuerpo*

Tiny SanGabriel murió a los once años. Murió en el hospital, siendo todavía un niño, como lo éramos nosotros, sus amigos, que no le vimos morir ni falta que nos hizo para darnos también por muertos. Porque Tiny SanGabriel no murió. A Tiny SanGabriel lo mataron. Quienes lo hicieron lo esperaron una tarde a que saliera de su clase de repaso, se lo llevaron a Los Pinos y lo apalizaron. No creo que quisieran realmente matarlo, pues en aquel ajuste de cuentas nadie tenía más de quince años, sólo querían darle un buen susto, un escarmiento que nos sirviera de lección a los demás, pero alguien debió de golpear con poco tino, quizás una patada en la nuca o en la sien, y a Tiny tuvieron que llevárselo inconsciente al hospital, donde ya no despertó. Han pegado a Tiny, nos dijo su hermano Jorge aquella tarde mientras subía al coche de sus padres, nos vamos al hospital. Albert, Betu y yo estábamos sentados en la acera comiendo pipas. Jorge nos dijo aquello sonriendo. Nunca daba la sensación de preocuparse por las cosas que le sucedían a su hermano pequeño; más bien las aprovechaba para burlarse de él, para herirlo. La palabra hospital nos asustó. Recuerdo que nos quedamos los tres mirando cómo se alejaba el Renault 9 de Jorge y luego permanecimos un rato en silencio, masticando las pipas, escupiendo las cáscaras, dándole vueltas a la palabra hospital y a la cara congestionada de la madre de Jorge y Tiny, mientras la acera se nos iba haciendo pequeña. Ahora vendrán a pegarnos a nosotros, susurró Betu. Tenía los ojos fijos en la pared de enfrente. Se refería a que Bruno Altagracia y los suyos consumarían la venganza, a que no se contentarían con haber zurrado a Tiny. Vendrán a pegarnos, añadió con una cáscara de pipa colgándole del labio. Betu era el menos aventurero de los cinco, el más miedoso, el más cabal. Antes de hacer cualquier cosa se la pensaba media docena de veces, le gustaba avisar, enumerar los peligros. No solíamos hacerle caso cuando se ponía pesado. Simplemente, le decíamos *Pues no vengas, pues no lo hagas.* Aquella tarde no nos atrevimos a contradecirle. ¿De qué serviría engañarse? Resultaba obvio que Bruno Altagracia no se contentaría con haber pateado a Tiny. Después de todo lo que había ocurrido, nos querría a los cinco. Dejé de comer pipas porque me tragaba las cáscaras. A mí nunca me habían pegado, al menos no tan fuerte como para enviarme al hospital. Imaginé a mis padres yendo a visitarme: un brazo escayolado, la cabeza vendada, un mes sin poder salir de casa. Vaya putada, dije. Albert y Betu asintieron. Nos fuimos enseguida a casa porque la calle nos pareció de pronto un lugar imprevisible. Por la noche apenas cené y me fui a mi cuarto pensando en Tiny. La culpa era nuestra. Con los años tuvimos ocasiones de sobra para lamentar una y otra vez el momento en que se nos ocurrió ir a los túneles de desagüe de la carretera 340. Si hubiésemos tenido cualquier otra idea, si por una vez hubiésemos hecho caso a Betu o nos hubiéramos quedado en el sótano del garaje de Albert jugando al Scalextric, Tiny estaría vivo. Pero los Játac no podíamos renunciar al peligro, no sabíamos. En cuanto

Albert comentó una mañana lo de los desagües, supimos de inmediato que acabaríamos los cinco chapoteando en ellos, riendo en la oscuridad de los túneles. Nunca hablamos en serio de lo que le ocurrió a Tiny, ni siquiera lo hicimos cuando rebasamos la adolescencia y comenzamos a pisar las discotecas; supongo que nos avergonzábamos de ello. Una noche de muchas cervezas, creo que yo ya había cumplido los diecisiete, se me ocurrió preguntar si recordaban a Altagracia, el modo en que él y los suyos habían desaparecido después de la paliza a Tiny. Como íbamos borrachos nos entró la melancolía y nadie pensó en Altagracia, sino en la horrible muerte de Tiny. ¡Por qué no te vas a la mierda!, me espetó Jorge, y no volvimos a verlo en toda la noche. Era quien peor toleraba hablar de su hermano pequeño, no conseguías arrancarle una sola palabra sobre el asunto. Con el paso de los años se comportó como si Tiny no hubiese existido. Nosotros se lo respetamos, supusimos que se trataba de una reacción lógica al dolor, su sistema particular de sobrevivir a la desgracia. Desde el día que enterraron a su hermano tuvo siempre una fotografía suya en la mesilla de noche y, a veces, se pasaba horas mirándola. Me lo confesó poco después de la muerte de Tiny. Me dijo: ¿Sabes qué he hecho, Carlos?, ¿quieres saberlo? A Jorge le gustaba de vez en cuando contarme sus cosas, creo que confiaba más en mí que en los demás. No se lo digas a nadie, me pidió, he puesto una foto de Tiny en la mesilla de noche. Me costó creerlo, pero me llevó a su habitación y pude comprobarlo con mis propios ojos. Era la primera vez que yo veía a Tiny después de su muerte, una fotografía a color, él hacía una mueca a la cámara, siempre hacía muecas.

Veintidós años después, cuando yo ya había cumplido

los treinta y cinco, tenía un empleo fijo, me había casado con Vanesa y, sobre todo, me había acostumbrado a que el recuerdo de Tiny, aunque siempre presente, se mantuviese prudentemente alejado de mí, me enviaron de nuevo a los desagües de la carretera 340. Fue algo chocante volver al lugar donde empezó todo, porque la riera bajo la carretera continuaba siendo la misma a pesar del tiempo: sucia, húmeda, comida por los hierbajos. Yo era entonces capataz del departamento de obras públicas del ayuntamiento, manejaba una brigada de quince hombres y nos habían mandado allí a reactivar un viejo entramado de desagües que en los años sesenta quedó obsoleto y fue sustituido por el actual. Como en esos cuarenta años había ido en aumento el número de fábricas en el extrarradio del pueblo y habían ensanchado también la carretera de dos carriles a cuatro, se decidió recuperar ese viejo entramado para evitar las inundaciones que se producían durante los días de lluvia intensa. Nuestro trabajo consistiría en realizar un empalme entre los túneles viejos y los nuevos. Cuando nos plantamos frente al acceso principal de los desagües, un agujero abierto en el muro, dejé de ver a los compañeros, dejé de ver las herramientas y los cascos y las pesadas botas y me vi a mí mismo de niño el día que se nos ocurrió a los cinco bajar allí. Me refiero a los Játac. Se nos ocurrió bajar porque Albert nos había contado que el ayuntamiento estaba considerando la posibilidad de cerrar para siempre aquellos túneles porque no se utilizaban desde hacía veinte años y era un lugar peligroso. ¿Cómo lo sabes?, le preguntó Jorge. Mi padre se lo ha dicho a mi madre, contestó Albert. Y con los ojos muy abiertos añadió que había cientos de túneles, que podías entrar en ellos y perderte para siempre o aparecer nadie sabía dónde, in-

cluso más allá de los límites del pueblo. Yo creo, opinó,
que podemos llegar a las playas de Gavà o Castelldefels.
Le escuchamos con la boca abierta. ¿Y para qué queremos ir a la playa por esos túneles?, dijo Betu, ¿por qué
no vamos por la carretera, como todo el mundo? Nadie
le hizo caso, ni siquiera se nos ocurrió cuestionarle a
Albert que era más bien improbable que aquellos desagües llegaran a una playa que se hallaba a unos veinte
o veinticinco kilómetros de Sant Feliu de Llobregat. Iría-
mos a los túneles y se acabó. Esa misma tarde conseguimos unas cuantas bolsas de plástico del supermercado
Mirsa de nuestro barrio y un par de linternas, y nos fuimos a la riera de la carretera 340. Era la última semana del
mes de julio de mil novecientos ochenta y uno.

Metido en la riera con mis compañeros de trabajo,
cargando herramientas y preparando el terreno para ini-
ciar las obras de reestructuración, me pareció increíble
que hubiesen transcurrido veintidós años. Recordaba
perfectamente aquella calurosa mañana de mil novecientos ochenta y uno: los cinco inclinados sobre la baranda del puente de la carretera mirando la riera que corría
por debajo de nosotros. Es allí, dijo Albert señalando el
acceso a la red de desagües, un agujero abierto en una de
las paredes de la riera, a cinco o seis metros por debajo
de nuestros pies. Los coches tronaban por la carretera.
¿Estás *completamente* seguro?, receló Betu. Estoy completamente seguro, asintió Albert. Albert siempre estaba seguro. ¿Cómo vamos a bajar?, pregunté. Nadie me
contestó. Había tres formas de hacerlo. La primera era
conseguir una buena cuerda, anudarla a la baranda del
puente y deslizarse por ella hasta el suelo. La segunda era
caminar un kilómetro carretera arriba, cociéndose al sol
y tragándose el humo de los tubos de escape, llegar al

límite municipal de Sant Just, serpentear entre las fábricas
y alcanzar el punto donde la riera apenas tenía un metro
de profundidad. Y la tercera forma era saltar en caída
libre y probar a partirse la crisma. Saltemos, sugirió Tiny.
Lo decía en serio. A Tiny no le importaban los resulta-
dos de sus actos. Sencillamente, hacía lo que le venía en
gana y luego afrontaba las consecuencias sin un lamen-
to. Era un gafe de los accidentes, iba siempre parcheado
de tiritas y vendas, con morados que ni siquiera recordaba haberse hecho. Junto a Tiny te sentías más seguro,
más inmune a las desgracias, porque acaparaba para sí
todos los males. Pensábamos: si a alguno de los cinco le
tiene que suceder algo, le sucederá a Tiny. Y no fallaba
nunca. Si existía alguna superficie lisa en la que resbalar
aparatosamente, allí iban los pies de Tiny; si había en el
mundo un clavo oxidado apuntando hacia arriba, allí iba
el pie de Tiny para clavárselo hasta el fondo, aunque los
demás hubiésemos pasado antes que él por el mismo sitio;
si corríamos a toda velocidad por las aceras llamando a
los timbres de las puertas y no veíamos aquella repisa
demasiado baja o aquella puerta abierta, allí iba la cabeza
de Tiny a darse el cabezazo. Era como la ley de la gravedad o la salida del sol: siempre ocurría. Quienes lo
mataron podrían habernos cogido a cualquiera de nosotros, pero tuvo que ser él. Fue un chico predestinado a
no envejecer, a perder la vida de un modo violento, al pie
de una carretera o en un hospital, solo. ¡Vas a saltar tú,
Orejón!, exclamó Jorge, ¡por hablar! Se acercó a él y lo
agarró por el cuello de la camiseta, gritándole: ¡Salta!
¡Venga, salta! Lo empujaba con fuerza para hacerlo brin-
car por encima de la baranda. También Jorge hablaba en
serio: estaba dispuesto a arrojar a su hermano al vacío.
Dejad de hacer el imbécil, gruñó Albert, lo mejor será ir

hasta Sant Just. Nos dirigimos al arcén de la carretera 340 y caminamos bajo el sol abrasador durante veinticinco o treinta minutos. Al llegar al punto de menor profundidad, saltamos a la riera y realizamos el correspondiente kilómetro de vuelta entre hierbajos, montones de latas y neumáticos viejos, pisando jirones de ropa y bolsas de basura, masticando polvo y escupiéndolo. Si alzabas la vista hacia la baranda de protección, cinco o seis metros más arriba, podías fácilmente imaginar que, por aquella vez, la aventura no iba a ser cualquier cosa. Nunca saldremos de aquí, murmuró Betu. Como de costumbre, lo acusamos de miedica y aguafiestas y lo zarandeamos entre los escombros y las malas hierbas, pasándonoslo de uno a otro como si fuese una pelota; nos gustaba hacerlo de vez en cuando porque era el más menudo de los cinco y nos divertía la manera en que se enfadaba. Ninguno de nosotros podía saber en aquel momento que, por una vez, los temores de Betu estaban más que justificados, porque, en cierto modo, nunca salimos de allí. Llegamos al agujero circular de los desagües y sonreímos bajo el sudor que nos resbalaba por las sienes y la boca; imaginamos el interior lleno de túneles traicioneros, de ratas enormes. De repente nos alcanzó un hedor horrible. Extrajimos de los bolsillos de los tejanos las bolsas de plástico Mirsa, una para cada pie, y nos las colocamos por encima de las zapatillas de deporte, anudándonos las asas en los tobillos; nos protegerían de pisar no se sabía qué porquerías. Llevamos a cabo la operación solemnemente, como si nos hubieran enviado de repente a sustituir a *Los hombres de Harrelson* en una peligrosa misión. Betu no pudo evitar advertirnos: Podemos perdernos ahí dentro, lo sabéis, ¿verdad? El sol de sobremesa caía sobre su pelo rubio y ribeteaba su cara de sombras. Claro que lo sabemos, le respondió Albert, por eso estamos aquí. Probando el haz de su linterna, Jorge dijo: Tranquilos, yo puedo orientarme perfectamente ahí dentro. Y Betu le replicó al instante: ¡Tú no has estado en un sitio así en tu vida! Puedo orientarme, repitió Jorge. Hablaba sin escuchar a Betu, con suficiencia. ¡No puedes orientarte!, insistió Betu, ¡no conoces los túneles! Y Jorge, que cuando se ponía en plan borde fulminaba la paciencia de cualquiera, siguió comprobando como si nada el correcto funcionamiento de la linterna y repitiendo que tenía buen sentido de la orientación, que estaba capacitado para orientarse a la perfección en cualquier sitio. ¡A la mierda si no soy capaz de hacerlo!, exclamó. Lo que sacaba a Betu de sus casillas era el sosiego con que Jorge seguía empeñado en llevarle la contraria, el desafío que palpitaba en su sonrisa de dientes blancos, perfectamente alineados y también demasiado grandes. Miraba a Jorge directamente, frotándose las manos contra los tejanos, muy cerca de la entrepierna, gesto muy habitual en él en momentos tensos y discusiones. Jorge sonreía sin mirarle, provocador: Puedo orientarme. Fuera de control, Betu le soltó: ¡Esto no es un episodio de la tele, listo, aquí nos puede pasar algo! Eran tal para cual, los dos atacando y defendiéndose, como paredes repeliendo pelotas de goma. Betu podría haberse pasado la tarde enfrentándose a él, tacharlo de listo bocazas durante horas, tenía energía para eso, porque era inquieto por naturaleza, una inquietud que era su combustible y que, a veces, le provocaba incontenibles arrebatos de furia que estallaban de repente y luego desaparecían como una ráfaga de viento, pero al final Albert se colocó entre ellos y ordenó: Yo iré delante con mi linterna, tú, Jorge, irás el último con la otra. Albert era el más fuerte de todos, el más alto, tomaba las decisiones. Agarró a Tiny de la camiseta y se lo llevó con él a la entrada de los túneles. Y así avanzamos uno tras otro, muy juntos, masticando el riesgo, la emoción que nos perdía.

Cuando regresé con treinta y cinco años al entramado de desagües, pensé al cabo de unos minutos que podría controlar la situación, que sólo se trataba de un puñado de recuerdos, pero conforme fue transcurriendo la mañana resultó cada vez más doloroso seguir dándole vueltas a la forma en que aquellos túneles acabaron pulverizando la magia de los Játac. Los hombres de mi brigada maldijeron el calor y algunos empezaron a mojarse la cabeza y los brazos con el agua de las mangueras. Julio era un mes horrible para trabajar al aire libre, no había modo alguno de sacarse el calor de encima.

—¡Tráeme los planos, Fernández! —grité.

Los técnicos del ayuntamiento nos habían advertido del laberinto que se escondía en los desagües, que al parecer fueron construidos alrededor de mil novecientos cuarenta por verdaderos incompetentes, amantes de perforar a diestro y siniestro sin un criterio definido. Fernández me entregó los planos y los desplegué en el suelo.

—Menuda chapuza —dije observando en el papel el caos de túneles y pasadizos, muchos de los cuales ni siquiera fueron terminados—. Lo primero que hay que hacer es derribar esta pared —expliqué señalándola con el dedo—. Está a diez o quince metros de la entrada, luego habrá que echar abajo otras, quizás ocho o diez.

—¿Y a santo de qué tantos túneles tapiados? —preguntó Fernández.

—Medidas de seguridad —respondí—. A veces venían chicos por aquí y se metían dentro, así que, a prin-

cipios de mil novecientos ochenta y dos, decidieron ta-
piarla.

—Joder —suspiró—. ¿Qué chicos iban a querer
meterse en un pozo de mierda como éste?

—Bueno —sonreí—, los chicos son capaces de cualquier cosa.

—Dímelo a mí —se carcajeó Fernández—, que tengo cuatro demonios en casa.

Asentí. A nosotros también nos llamaban demonios
cuando peloteábamos contra los coches o las puertas de
los garajes particulares: ¡Sois unos demonios! Nadie decía los Játac, claro, aquello era sólo una gilipollez nuestra, decían demonios o niños del demonio. Repasando los
planos comprendí el peligro que corrimos realmente
los Játac metiéndonos allí dentro, hasta qué punto pudo
perdernos nuestra temeridad sin remedio.

Miré la espalda de Vanesa y supe que algo andaba mal. No era la primera vez que tenía ese presentimiento de catástrofe, pero sí la primera que lo sentía con tanta fuerza. Estábamos con todas las ventanas del piso abiertas y en ropa interior, rodeados de ventiladores, pero julio se colaba de todos modos en el comedor. Llevábamos todo el mes encerrados en casa sin saber qué hacer con el tiempo, entregados a una lenta rutina de matadero: nos levantábamos, íbamos a trabajar, regresábamos; después de comer yo me tumbaba en el sofá a escuchar música o a leer y Vanesa se sentaba frente al ordenador a encadenar un solitario tras otro; algunas tardes, si el calor remitía lo suficiente y nos encontrábamos con ánimos, salíamos a tomar algo al Tropic. Era horrible. Me asustaba lo que se escondía detrás del aburrimiento, de las subrepticias miradas con que cada tarde observaba la espalda quebradiza de Vanesa sin saber cómo convertir ese miedo en palabras. Llevábamos demasiados días embarrancados en medio del calor, sin decirnos nada a pesar de que los dos sabíamos que sabíamos. Se tardan años en descubrir que el silencio entre dos personas puede resultar ensordecedor.

—¿No puedes poner otra música? —dijo.

Ella detestaba a Bryan Ferry. En realidad, detestaba la música en general, o eso decía, a mí me costaba creerlo, porque ella también guardaba sus viejos vinilos de Roberto Carlos y José Luis Perales y de vez en cuando los escuchaba. Vanesa era capaz de detestar a Bryan Ferry simplemente porque me gustaba a mí. Agarré de mala gana el mando del estéreo y lo apagué.

—Sólo te he preguntado si no podías poner otra cosa.

No la soportaba cuando se ponía en plan *que conste que lo has hecho tú*; tenía una habilidad especial para sacudirse la culpa de encima. La miré de nuevo: su espalda no ofrecía ninguna respuesta, sus pecas tampoco. Hubo un tiempo en que yo bromeaba tratando de contárselas después de hacerle el amor. Una tarde le dije que sería capaz de contarlas todas y ella me contestó que eso era imposible. Cogí un rotulador Carioca negro y, mediante círculos, fui separando las pecas por grupos, a continuación sumé las de cada grupo y luego sumé los grupos. Tardé casi una hora en terminar la operación: seiscientas ochenta y tres pecas. Dijo que era lo más romántico que le habían hecho nunca. ¿Cuántos años habían transcurrido desde entonces? ¿Diez? ¿Doce? La sensación que me invadía a veces era la de que no existía nada en mi vida que no estuviese vinculado a Vanesa.

—Hoy he tenido un mal día en el trabajo —dije.

No se dio la vuelta.

—Me he acordado de Tiny.

Me pareció que suspiraba levemente.

—No irás a empezar otra vez con eso, ¿verdad? —dijo.

Vanesa no mostró nunca un interés especial por los Játac. Para ella fuimos simplemente una pandilla más, cinco chicos comunes que hicieron cosas comunes, nuestro empeño en mitificarnos era, en su opinión, sólo una cuestión de nostalgia. Vivís continuamente en el pasado, le gustaba decir cuando Betu o Albert venían a cenar a casa y los tres nos arrancábamos con viejas anécdotas, los tíos sois unos críos toda la vida.

—Vamos al Tropic —dije levantándome de mala gana—. Nos irá bien tomar el aire.

—Querrás decir que te irá bien a ti.

Con el codo izquierdo apoyado sobre la mesa y la barbilla caída sobre la mano, arrastraba con indiferencia naipes por la pantalla del ordenador como si sólo hubiese hecho un comentario meteorológico.

—No te soporto cuando te pones así —dije.

—Así, ¿cómo?

—Pues así.

—Si estamos como siempre.

Noté la rabia en la boca del estómago, odiaba esas situaciones, los encontronazos. Me acerqué al balcón: el sol de media tarde caía oblicuamente sobre las losetas del suelo y subía convertido en aire hirviendo. Observé las dos plantas mustias que se achicharraron de calor el verano anterior porque nadie se preocupó de regarlas. Me pregunté si era eso lo que nos sucedía ahora a nosotros: que no sabíamos cuidar el uno del otro.

—Ése es el problema —dije dándome la vuelta—. Que estamos como siempre.

No se dio por aludida: continuó moviendo cartas con la misma postura de indiferencia. Finalmente, fuimos al Tropic sin dirigirnos la palabra. La cafetería se encontraba a tres manzanas de casa, de modo que en realidad era como no moverse de sitio, como cambiar un comedor por otro. Tenía ganas de reventar ese reducido espacio en el que se desarrollaba mi vida. No me gustaba la ciudad en la que vivía, la sentía ajena, triste, repleta de gente que quizá vivía allí porque en alguna parte había que vivir. A Vanesa y a mí nos llevó a Sant Boi un motivo que ahora me parecía estúpido: los precios más económicos de los pisos. Nos gastamos siete millones novecientas mil pesetas en sesenta metros cuadrados y, a la larga, nos habían salido caros los metros y la vida, al menos a mí, porque en los seis años que llevábamos casados no había conseguido liberarme de esa pesada sensación de desarraigo que me invadió nada más instalarme y que me había perseguido desde entonces, cada día más pertinaz, más atenazante. Mi familia y mis amigos vivían en Sant Feliu, a apenas diez kilómetros de distancia, pero yo me sentía al otro lado del mundo, en el destierro al que yo mismo me había exiliado por ahorrarme dos o tres millones de pesetas.

Por la noche, ya en la cama y todavía reacios a hablarnos, me asaltó el deseo de tocarle los pechos. Me fastidió la idea porque supe que no podría resistirme, y me había propuesto no ser yo aquella vez quien cediera, quien buscara el modo de reconciliarnos como ya habíamos hecho miles de veces. Cerré los ojos y respiré profundamente. Llevábamos casi tres semanas sin tocarnos. Lo achacábamos al calor, a una mala racha, a sus cuatro días de menstruación, pero resultaba de lo más hipócrita. Sencillamente, no nos apetecía. Sentir ahora la necesidad de hacerlo me asustó, porque no se trataba de verdadero deseo ni tampoco de un intento de hacer las paces. Lo que en realidad deseaba era ponerla a cuatro patas, estamparla contra el cabezal de la cama, follármela hasta que el dolor la atravesara y luego dejarla tirada sobre la cama, marcharme lejos. Moví la mano y la dejé caer sobre su muslo.

—Así no vamos a arreglar nada —dijo en la oscuridad.

Aparté la mano de su muslo y me di la vuelta. Me gustaría gritarle cualquier cosa, insultarla. A veces me daban ganas de abofetearla, desde siempre despertó con su actitud mi lado más violento. A lo largo de los años me había llevado a dar portazos, a asestar puñetazos a las paredes, a romper cosas. Una tarde, después de una discusión, se encerró testarudamente en el retrete a llorar y durante una hora se negó a salir. Al final, reventé el pestillo de una patada y de otra partí en dos la papelera de plástico donde ella tiraba sus compresas y sus algodones de maquillaje. Por supuesto, nunca llegué a pegarle de verdad, pero sí note en más de una ocasión que me tentaba levantar el brazo y descargarlo sobre ella. Lo más cerca que estuve de ello fue pocas semanas antes de la boda, una noche que empezó a provocarme en plena calle con no recuerdo qué. Le dije que se callara, pero Vanesa era una especialista consumada en llevar las situaciones al límite, sabía atacar los puntos débiles. La agarré bruscamente del brazo, la sacudí de un lado al otro de la acera y la arrojé con fuerza y desprecio al suelo. En realidad, lo hice para no abofetearla. Me miró con espanto, lívida, sin atinar a levantarse. Entonces, toda la rabia que me había poseído un segundo antes se disolvió y se convirtió en un arrepentimiento feroz, me sentí como un monstruo. Ni siquiera consintió que la ayudara a levantarse. La estuve persiguiendo hasta su casa sin conseguir que me perdonara. Tardó dos días en dirigirme la palabra.

Me deslicé más hacia el extremo del colchón tratando de huir del calor. Fue en vano: el dormitorio parecía hundido en caldo hirviendo. A lo lejos se oyó la sirena de una ambulancia. Durante mucho tiempo fue un sonido que yo asociaba instintivamente a la muerte de Tiny en cuanto lo oía, a pesar de que ninguno de nosotros oyó

jamás la sirena auténtica, la que cruzó a toda velocidad
Sant Feliu mientras nosotros languidecíamos en la acera de nuestra calle comiendo pipas.

Me incorporé, caminé hasta el cuarto de baño y me
mojé la cara y la nuca. Me senté en el sofá del comedor.
Si no hubiésemos ido a los desagües..., pensé. Y me asustó
pensarlo, porque llevaba unos cuantos años sin invocar
aquella frase, sin lamentarme con esas siete palabras que
tanto pronunciamos tras la muerte de Tiny. *Si no hubiésemos ido a los desagües.* Fue siempre una lamentación
inútil, desde luego, realizada con posterioridad, cuando
ya nada tenía remedio, pero llegamos a repetirla tanto que
al final acabó dando la sensación de que aparecía en todas las conversaciones; yo incluso llegué a soñar con ella,
me perseguía su eco. A Jorge le gustaba decir que lamen-
tarse era propio de espíritus mediocres. Nunca entendí
muy bien a qué se refería, pero yo suponía que tenía razón, porque era evidente e irrefutable que *sí* fuimos a los
desagües, que *sí* nos dejamos comer por la boca negra de
los túneles sin atender a razones de puro sentido común,
y que yo incluso recordaba el estricto orden en que lo
hicimos: Albert, Tiny, Betu, yo y, por último, Jorge.
Tanto daba que nos hubiésemos pasado la vida deseando no haber ido jamás. Habíamos ido y punto. Una vez
dentro, Albert había dicho: Caminad con cuidado. Pero
aquello era mucho pedir. Después de unos tres metros, el
túnel viró en ángulo recto hacia la izquierda, formando una
L penumbrosa. Realizamos el giro con precaución y la luz
del exterior fue quedándose atrás, también el calor. Las
linternas de Albert y Jorge lanzaron destellos a lo largo
del estrecho corredor que nos aguardaba; el techo gra-
vitaba un palmo por encima de nuestras cabezas y el suelo
estaba húmedo y ligeramente acuoso. Caminamos con

torpeza, tratando de no perder el contacto con quien nos precedía, medio hipnotizados por el rumor cada vez más lejano de los coches y el crepitar de las bolsas Mirsa en nuestros pies. Olía mal, pero, por el momento, era soportable. Estas bolsas resbalan que da gusto, dijo Betu, que aún seguía molesto por su reciente enojo con Jorge. Una vez acostumbrados a la oscuridad y a las ráfagas de las dos linternas, nuestros pasos se fueron afianzando en el suelo mojado en la medida que resultaba posible afianzarse. Miré a Albert: abría el grupo con su aplomo habitual, estudiando los rincones con cautela, con destreza. Si de pronto acechara algún peligro, él lo advertiría de inmediato; si las circunstancias requirieran una decisión rápida, él la tomaría. A menudo daba la impresión de que poseía un sexto sentido para ese tipo de cosas, porque las olía; dudaba pocas veces y tomaba decisiones en cuestión de segundos, sin aturullarse. Los Játac nunca consideramos la posibilidad de elegir a un líder mediante votaciones. De algún modo inconsciente, Albert fue, desde siempre, la batuta del grupo, resultaba lógico que alguien lo fuera, todas las bandas precisaban de un jefe: en *Los guerreros del Bronx* había jefes, en *The Warriors* también. Lo seguía Tiny SanGabriel, resbalando más de lo debido, buscando ya un canto con el que golpearse la cabeza o un agujero donde partirse el tobillo. Iba diciendo tonterías, nunca dejaba de decir tonterías. Le encontraba chistes a todo, tenía talento para hacer graciosas las cosas más banales, hasta su nombre parecía una broma. En realidad, no se llamaba Tiny, sino Cecilio, aunque casi nadie lo llamaba Cecilio, ni siquiera en su casa. Su madre lo llamaba Chiliquitín; su padre, Chilio; y Jorge, Orejón, aunque también Ore, para abreviar, o escuetamente O, para abreviar mucho más. Una de las aficiones favoritas de Jorge, además de escribir cosas en los billetes de cien pesetas, leer novelas y lanzar eructos, era burlarse de las orejas de su hermano, y no por el tamaño, sino porque las tenía abiertas como las asas de una taza. Tiny solía cubrírselas con el pelo para ocultarlas, pero lo único que conseguía, y digo único porque ya tenía adjudicada la fama y hubiéramos continuado llamándole Orejón, Ore u O aunque se las hubiese cortado y arrojado al retrete, era que su cabeza anduviera siempre despeinada, convertida en un amasijo de pelo donde lo importante no era ir bien peinado, sino con las orejas bien escondidas. Betu iba detrás de él, palpándole de vez en cuando la camiseta para cerciorarse de que no perdía el rumbo. Caminaba ligeramente encogido, echando miradas fugaces al techo y al suelo. De vez en cuando se pellizcaba la ingle. No es que estuviera nervioso: es que lo *era*. Todos sus movimientos, por leves que fuesen, eran siempre eléctricos, bruscos. A veces le preguntábamos si de pequeño había metido un dedo en un enchufe y se le había quedado la electricidad dentro del cuerpo. En aquellos momentos probablemente maldecía el instante en que había decidido acompañarnos, quizás estaba preguntándose qué hacía metido allí dentro, oliendo a perros muertos, en lugar de estar sentado en el sofá de su casa frente al televisor. No era un gallina, aunque lo pareciese y nosotros lo acusáramos a menudo de serlo, no era un gallina porque estaba allí con nosotros. Simplemente, se tomaba el riesgo más en serio. No babeaba con *Los hombres de Harrelson* ni se ponía en su lugar mientras arrojaban cuerdas a los tejados y disparaban a los malhechores de turno. Betu era muy cerebral. Y supongo que gracias a ello, a esa manía por evaluar constantemente las situaciones más dispares, consiguió levantar más tarde con éxito, cuando ya había cumplido los treinta, su propia empresa. A un metro de él avanzaba yo, ignoro si más cerebral o menos, pero siempre dispuesto a participar de cualquier idea o plan que se nos ocurriese, consciente de mi fascinación por el lado oscuro de las cosas y, por lo tanto, experto en comportarme correctamente en casa, cumplir con el papel de niño obediente y nada problemático, y diez minutos después salir a la calle a arrojar piedras contra los trenes o a orinar en los portales de los edificios. Qué suerte has tenido con tu hijo, le decían a mi madre sus amigas, qué bueno que es, y yo me sonrojaba y me preguntaba si acaso alguna vez aquellas señoras que tanto me alababan habían tenido que fregar con repulsión el vestíbulo de su edificio o, viajando en un tren, habían oído rebotar una piedra de gran tamaño contra el cristal de la ventanilla. No lo hacía de manera premeditada, pero había dos Carlos en mí, uno para mis padres y otro para la calle, para los Játac. Y detrás de mí, haciendo bailar el haz de su linterna sobre nuestras cabezas, caminaba Jorge, que me conocía muy bien y a veces me decía que yo era como el doctor Jekyll y míster Hyde, pero en versión española. Jorge leía mucho, sobre todo tebeos de Mortadelo y Filemón, pero también, y a escondidas, algunas de las novelas que su padre compraba por catálogo a Círculo de Lectores. A mí me gustaban Tintín y también Mortadelo y Filemón, pero los libros me cansaban. Acabé leyéndome el del doctor Jekyll porque Jorge insistió mucho y porque sólo tenía ciento veintiséis páginas, pero normalmente prefería pedirle que me contara él mismo las historias y así, en apenas media hora, y no en varios días, como requería la lectura, conocía perfectamente a los personajes y lo que les ocurría. Creo que sin Jorge yo no habría descubierto nunca la lectura. Aún hoy, cuando leo una novela, me pregunto: ¿cómo la contaría Jorge? Y a veces leo imaginando su voz, sus pausas, los elementos de suspense que introducía en sus narraciones, y es como si las letras se convirtieran en potentes imágenes. Y es que había un gran narrador en Jorge, sabía ponerle emoción a las cosas. Cuando terminé de leerme el libro de Stevenson, le dije que también él se comportaba como el doctor Jekyll y míster Hyde, por una parte capaz de pegar e insultar a su hermano, de eructar a lo bestia, y por la otra de emocionarse con las historias, de ver a los personajes como personas. Me replicó que eso era una idiotez, que leer era lo mismo que eructar o insultar, pero hacia dentro. En aquel túnel pensé que su habilidad para la orientación le venía con toda seguridad de las novelas, de haber estado al lado de personajes perdidos en medio de la selva o de una ciudad desconocida y de haber padecido con ellos. Miré por encima del hombro, más allá de Jorge, y advertí lo débil y lejana que quedaba ya la luz del exterior. Calculé que habíamos recorrido unos veinticinco o treinta metros en línea recta, lo que significaba que, de momento, resultaría sencillo encontrar el camino de regreso. Entonces Albert dijo: Aquí empieza lo bueno. Choqué contra la espalda de Betu y Jorge contra la mía. El túnel se divide en dos, informó Albert. Lo dijo serenamente, pero yo capté con toda claridad el júbilo que le suponía aquel nuevo desafío. Para él los contratiempos eran siempre bienvenidos, incluso en el caso de que revistiesen cierta gravedad, pues eso le permitía poner a prueba su capacidad de reacción. ¡Giremos a la derecha!, propuso Jorge, pegado a mí y vociferando junto a mi oído. Si seguimos en línea recta no nos perderemos, dijo Betu. El de la derecha es un poco más bajo, dijo Albert estudiando el nuevo túnel con la linterna, pero está seco, creo que deberíamos girar por aquí. ¡No se hable más!, se sumó Jorge, ¡a la derecha! Comenzó a patalear y a intentar avanzar por encima de mí, pues no tenía otro sitio por donde hacerlo; agitaba la linterna arriba y abajo y yo sentía silbar el gran armatoste junto a mi oreja. Jorge, tío, estate quieto con la linterna. Supuse que no me oía, porque cuando Jorge estaba fuera de sí era más sordo que una tapia, no oía a nadie, no quería saber nada de nadie. Era sólo Jorge SanGabriel, él y sólo él, encerrado herméticamente dentro de sí mismo y ajeno a cuanto lo rodeaba. ¡Giremos a la derecha de una vez!, gritó. Tiremos los dados, dijo Tiny, pares a la derecha, impares a la izquierda. ¡Orejones a la mierda!, le replicó Jorge. Y nos echamos a reír. Albert, ignorándonos, penetró un par de metros dentro del nuevo túnel, lo inspeccionó a fondo, calibró no se sabe qué peligros y riesgos y se sacó trampas de la imaginación para preverlas. Finalmente, emergió de la negrura y, mirándonos a todos, concluyó: Iremos a la derecha. Nadie puso en duda su decisión, ni siquiera Betu, que, desmotivado y resignado, se limitó a chasquear la lengua. Enfilamos el nuevo túnel y la humedad aumentó de pronto, enfrió el sudor que traíamos del exterior. Me toqué la camiseta y la noté mojada. Durante unos segundos, se me puso la carne de gallina. Pensé que aquello era una especie de aviso. ¿Y si nos perdíamos? ¿Y si nos adentrábamos demasiado y después no sabíamos volver? Era magnífico el modo en que la oscuridad engullía los focos de las linternas, la forma en que nos rodeaban las paredes húmedas, los techos bajos y combados. Comprendí que no se trataba de una de nuestras aventuras habituales. Por una vez, nos hallábamos inmersos en algo peligroso de verdad. No supe definir en qué, pero me gustó sentirme atrapado por el frío y el silencio. Pensé que sería un modo horrible y heroico de morir. Sin embargo, no había nada que temer, porque Albert, en ningún caso, permitiría que nos extraviásemos en aquellos túneles. Llegado el momento, sabría encontrar el camino de salida. Y también contábamos con Jorge y su sentido de la orientación. Era cierto que exageraba cuando se imponía a sí mismo dicha cualidad, anunciándolo como si se tratara de un atributo divino, pero la verdad pura y simple era que poseía ese don, aunque los demás le llamáramos bocazas y listo del culo porque nos corroía la envidia; lo poseía y lo había demostrado numerosas veces. Se orientaba bien en todas partes: en la ciudad y fuera de ella. En las pocas ocasiones en que a aquella edad tomábamos el tren y nos íbamos al centro de Barcelona a deambular sin destino fijo, Jorge siempre sabía qué calles nos conducirían aquí o allá y qué calles nos llevarían luego de vuelta a la estación. A veces, incluso atinaba a encontrar cines para mirar las carteleras o fuentes donde saciar la sed, porque ni disponíamos de dinero para entrar en los primeros ni tampoco para cambiar las segundas por una Coca-cola o una Mirinda. Del mismo modo, cuando salíamos de excursión y ascendíamos campo a través hacia Santa Creu o hacia la Ermita de la Salud, era él quien se colocaba a la cabeza si nos apetecía descubrir un nuevo itinerario, porque parecía conocer los senderos antes de verlos por primera vez. Nunca se perdió en una bifurcación de caminos, ni de día ni de noche, y eso representaba una garantía en aquel laberinto de túneles. Si ocurre algo, me tranquilicé, entre él y Albert nos sacarán de aquí. Las bolsas Mirsa marcaban los pasos y me pregunté cuánto tardarían en romperse. El haz luminoso de Jorge, al venir desde atrás, arrojaba las sombras contra las paredes y convertía nuestros cuerpos delgaduchos en cosas grotescas, en seres arrancados de sus criptas. Albert imponía un ritmo de avance lento, cauteloso. ¿Adónde llevará esto?, dije. A la playa, contestó Tiny. La sola idea de recorrer veinte o veinticinco kilómetros en semejante río de túneles, sin ver la luz del sol, debería habernos bastado para dar media vuelta de inmediato y volver a casa. Pero los Játac no sabíamos decir que no. Allí dentro nadie habló de renunciar, ni siquiera cuando comprendimos que estábamos ya muy lejos de la salida. No habíamos bajado a los desagües a renunciar. Si Albert seguía avanzando, nosotros seguiríamos avanzando con él. No pensaréis ir hasta la playa, ¿verdad?, preguntó Betu. ¿Qué te preocupa?, intervino Tiny, ¿no haber traído bañador? Nos echamos a reír y comenzamos a imaginar que llegábamos victoriosos a las playas de Gavà o Castelldefels y nos bañábamos en pelotas. Todos nos envidiarían por la increíble gesta, nuestros nombres saldrían impresos en las portadas de los periódicos, nos proclamarían héroes y José María Íñigo nos llevaría a su programa de televisión y nos haría una entrevista memorable. Somos los Játac, diríamos, y nos hemos metido en esos túneles claustrofóbicos y peligrosos sin más ayuda que dos linternas y unas bolsas de plástico en los pies. En el barrio nunca volverían a mirarnos con desprecio ni a llamarnos demonios ni a regañarnos por arrear pelotazos a los coches aparcados. Sería la glorificación definitiva de los Játac, la fama. Pero de pronto todo terminó. Albert y Tiny se detuvieron sin avisar y entrechocamos torpemente unos con otros. ¿Y ahora qué mierda pasa?, preguntó Jorge. Hay un semáforo, respondí tratando de llenar el repentino silencio, consciente de que Albert no decía nada y eso significaba que algo andaba mal. Cuando por fin llegó su voz, lo hizo con un suspiro de decepción, con un amago de rabia: Mi padre dijo que podía salirse del pueblo por estos túneles. Aparté un poco a Betu y traté de ver algo. Albert y Tiny estaban muy juntos, en cuclillas. ¡Se acabó, tíos!, gritó Tiny, ¡den media vuelta y márchense por donde han venido!, ¡el espectáculo ha terminado!, ¡se acabó, fin, finito, al cuerno!, ¡vamos, vamos, den media vuelta de una vez!, ¡yo y las mujeres primero!, ¡vamos, vamos! Albert lo atajó de mal humor: Cállate, Ore. Y entonces, por encima del hombro de Betu, vi lo que significaba el final de nuestra aventura: el túnel terminaba con un muro infranqueable. Nos quedamos quietos, muy quietos, con las camisetas de manga corta adheridas al cuerpo y empapadas de sudor ya frío, agotados y oliendo el hedor que subía de las bolsas Mirsa medio despedazadas: los Játac masticando la derrota. Vamos a buscar el otro túnel, sugirió Jorge al cabo de un minuto, ¡a la mierda si los Játac no son capaces de salir del pueblo por estos túneles asquerosos! No, contestó Albert, oscuro como aquellas paredes, vámonos a casa. Pasó entre nosotros y, en el mismo orden que habíamos entrado, le seguimos en silencio hacia la salida.

Me levanté del sofá, me acerqué a la puerta del balcón y levanté con cuidado la persiana; Vanesa tenía un sueño liviano y lo último que yo deseaba era que se despertase y apareciese en el comedor. Miré el cielo negro. Resultaba irónico que veintidós años después yo tuviese que derribar ese muro que de niños estropeó nuestra aventura. Si los Játac hubiéramos dispuesto de la mitad de herramientas de las que disponíamos en la brigada, un simple pico o un par de mazas, nos habríamos liado a martillazos con la pared sin ninguna duda. Y eso quizá nos hubiese salvado, quizás hubiese salvado a Tiny, porque el problema de haber bajado a los desagües no fue la posibilidad de perdernos ni de sufrir un accidente con los numerosos desniveles y tuberías. El verdadero problema fue la salida. Fue allí donde se inició la carambola de sucesos, de estupideces, que culminaría meses más tarde con la tragedia de Los Pinos. Albert tenía ya medio cuerpo fuera y el sol de la tarde le iluminaba la cara cuando, de repente, se detuvo en seco. Sin mediar palabra, llevándose el dedo a los labios para ordenar silencio, nos empujó de nuevo y con prisa hacia el interior del túnel pidiéndonos con gestos que mantuviésemos la boca cerrada; parecía asustado. Y cuando Albert se asustaba, el miedo comenzaba a extenderse como una plaga sobre los demás. ¿Qué pasa?, pregunté. Shhh, siseó. Reculamos hasta el primer recodo y nos quedamos mirando ansiosamente a Albert. El agujero de salida, a unos tres metros de distancia de nosotros, me pareció de pronto una bendición que, por algún motivo desconocido, no era posible alcanzar. Albert apagó la linterna, ordenó a Jorge que desconectara la suya y murmuró: Altagracia está ahí fuera con Miserachs y Coto, así que será mejor que no abráis la boca. Era una mala noticia, tan mala que se nos borró el color de la cara. No podía haber allá afuera nada peor que Altagracia y sus compinches. Bruno Altagracia, Álvaro Miserachs y Sebastián Coto pateaban bocadillos en el recreo y libros al terminar las clases, se atrevían a insultar a las chicas y a los profesores, fumaban con descaro, llevaban revistas pornográficas dentro de la cartera. Si uno tenía la mala suerte de cruzarse con ellos por la calle, o al salir del colegio, lo mejor que podía hacer era cambiar de acera o salir corriendo en dirección opuesta, se trataba de una simple cuestión de supervivencia. Hostias, se lamentó Betu. Nos miramos en silencio: nos ha-

bíamos convertido en los cinco chicos más desgraciados
del mundo, porque allí no resultaría posible cambiar de
acera ni salir corriendo en dirección opuesta. A mí me
había aterrado siempre el enfrentamiento físico, pelear-
me con alguien, y aquellos tres no hacían otra cosa en
todo el día que buscarse líos. No quería salir de aquel
túnel, quería quedarme a vivir allí; advertí que los demás
pensaban lo mismo que yo. ¿Qué hacemos?, preguntó
Betu mirando a Albert. Tiny le respondió con una de sus
sonrisas de maníaco: Salir y aporrear sus puñeteras caras. No podemos hacer eso, macho, me opuse, son peligrosos, llevan navajas, acordaos de Pancho Luna. Pancho Luna era compañero de clase de Tiny. Una semana
antes, durante el recreo, Altagracia y Miserachs se pusieron a jugar a fútbol con su bocadillo, lo chutaron hasta
que destrozaron el papel de periódico que lo envolvía y
las rodajas de chorizo salieron volando en todas direc-
ciones. Llorando de rabia, Pancho Luna les gritó que su
madre no le preparaba el bocadillo para que unos malditos hijos de puta como ellos se lo patearan. Esa misma
tarde lo esperaron a la salida, se lo llevaron a Los Pinos
y, valiéndose de navajas automáticas, le dibujaron una
pequeña cruz invertida en la espalda. En la Biblia salen
tres, le dijo Altagracia, si te chivas te dibujaremos la segunda. El otro día nos la enseñó, comentó Tiny, es así,
aclaró separando unos cinco centímetros los dedos índice
y pulgar de la mano derecha. No quiero una cruz invertida en la espalda, murmuró Betu. Lo dijo en serio, pero
sonó como un chiste. Sinceramente, asintió Albert imi-
tando la pálida seriedad de Betu, yo tampoco. Sofocamos
las risas bajo la palma de la mano, pero cuanto más serios queríamos ponernos, cuanto más nos mordíamos la
lengua o pensábamos en la navaja de Altagracia, más nos

vencían las carcajadas. Llegó un momento en que creí que, sencillamente, no podríamos parar, reiríamos y reiríamos hasta perder el control y Altagracia, Miserachs y Sebastián Coto entrarían a por nosotros. Pero entonces, Tiny dejó de repente de reír, abrió mucho los ojos y la boca se le desencajó con una sonrisa lenta y ancha, muy ancha. Quiero verles, dijo. Era una idea nefasta. Lo supimos de inmediato: si Tiny se acercaba a la salida terminaría haciendo ruido. Resbalaría, estornudaría, tosería. No importaba cómo, pero sucedería. Ni se te ocurra, advirtió Albert. Sin hacerle caso, Tiny echó a andar hacia el agujero de salida. Vas a cagarla, Orejón, musitó Jorge echando los dientes fuera, si te ven te mataré, ¿me oyes?, si nos ven por tu culpa, te mataré, te lo juro. Tiny sabía que su hermano hablaba en serio, pero debió de considerar que valía la pena morir a cambio de echar un vistazo a los tres tipos más peligrosos de Sant Feliu, porque sólo dijo: Quiero verlos, Albert los ha visto, yo también tengo derecho. Alcanzó el final del túnel, giró a la derecha y desapareció de nuestra vista. En el silencio, conforme se alejaba, oí las bolsas Mirsa de sus pies. Ignoro por qué, pero pensé: lo matarán. Apartándome de la pared combada, dispuesto a seguir a Tiny, dije: Vayamos con él. No esperé respuesta alguna, yo también sentía curiosidad por ver de cerca a aquellos chiflados. Todos me siguieron, con Albert a la cabeza. No teníamos remedio. Cuando llegamos a la L y giramos a la derecha, Tiny estaba ya asomándose al exterior, el cuerpo dentro del túnel y media cabeza fuera, lo justo para poder inspeccionar el terreno con un solo ojo; aquella extrema precaución resultaba inédita en él. Llegamos a su lado conteniendo la respiración. Albert se puso a cuatro patas y se asomó por detrás de las piernas de Tiny. Jorge lo

imitó. Yo me apoyé ligeramente en la espalda de Tiny y
miré por el estrecho hueco entre su cuello y la pared. Betu
descartó cualquier tipo de maniobra y se quedó a la ex-
pectativa en el interior, pellizcándose la entrepierna. En
efecto, allí estaban Bruno Altagracia, Álvaro Miserachs
y el miope Sebastián Coto, sentados en el suelo a unos
diez metros de distancia de nosotros, con las espaldas
apoyadas en la misma pared en la que se hallaba el acceso
a los desagües. Hojeaban unas revistas y fumaban cigarrillos al amparo de la sombra que proyectaba sobre ellos
el puente de la carretera 340. Vestían sus habituales tejanos desarrapados y sus camisetas Iron Maiden, sus cin-
turones cargados de llaveros y cadenas. Son revistas de
tías, observó Jorge en voz baja. De pronto, Altagracia se
puso en pie, agitó su revista frente a los ojos de sus amigos
y exclamó: ¡Mirad esto, tíos!, ¡mirad qué tetas!, ¿verdad
que las chuparíais? Durante cien años, contestó Miserachs. Hasta la muerte, agregó Sebastián Coto, aunque con
toda probabilidad, debido a sus dioptrías, ni siquiera veía
la revista. Betu me tocó el hombro y me preguntó: ¿Qué
hacen? Están a punto de hacerse una paja, susurró Jorge. Fue la frase clave. Tiny se volvió a mirarnos y sonrió.
A Tiny resultaba fácil adivinarle los pensamientos, le
cruzaban todos por la cara, era transparente. En ciertos
momentos, sabías lo que iba a decir o a hacer y cómo, lo
sabías incluso antes que él. *Están a punto de hacerse una
paja*, había dicho Jorge, y vi claramente cómo Tiny caía
dentro de esas palabras, se regodeaba en cada una de ellas,
las degustaba, y, ya satisfecho, se volvía para asomarse de
nuevo al exterior. Supe que iba a suceder algo irremedia-
ble. Traté de impedirlo, pero no se me ocurrió cómo.
También Albert, infalible como siempre, se dio cuenta de
que algo no marchaba bien y la mirada se le llenó de in-

terrogantes. Pero ya era demasiado tarde. Como un true-
no, la voz de Tiny retumbó dentro del túnel y nos sentenció a todos: ¡Eh, tíos!, ¿ya habéis decidido quién se la
va a menear a quién? Hasta aquel preciso instante, ajenos a nuestro fisgoneo, Altagracia, Miserachs y Sebastián
Coto habían estado discutiendo sobre la calidad de aquellos pechos de papel y de cómo deberían tenerlos sus
novias para que ellos aceptaran ser sus novios; en cuanto oyeron la voz de Tiny, sus cabezas viraron hacia nosotros como si fueran tres muñecos con resortes en el
cuello. Un segundo después sus risas se derritieron.
¡¿Qué coño...?!, balbuceó Altagracia frunciendo las cejas
hacia nosotros. Vencido por aquella fatalidad, fui el único que no acertó a retroceder hacia el interior del túnel y
me encontré solo de repente, con los ojos de aquellos tres
chiflados sobre mí. Altagracia arrojó la revista al suelo, pisó
la colilla de su cigarrillo y echó a andar hacia mí. Miserachs y Sebastián Coto se levantaron del suelo y se fueron
tras él. Pensé en la cruz invertida de Pancho Luna, en los
bocadillos y libros pateados en el colegio, en las peleas de
bandas. Jamás habíamos tenido ningún problema con ellos,
pero acabábamos de convertirnos sin remedio en sus nuevas víctimas. Alguien me tiró del brazo y los cinco corrimos de nuevo hacia las entrañas de los desagües. La voz
de Altagracia sobrevoló nuestras cabezas: ¡Quién coño ha
dicho eso! Alcanzamos el primer recodo y nos detuvimos,
encogidos, sin resuello. Albert le arreó un fuerte pescozón
a Tiny. La has cagado, le gruñó. Me asomé temerosamente
y, tres metros más allá, en el agujero de salida, vi recorta-
da a contraluz la figura de Altagracia, que husmeaba el
interior sin decidirse a entrar. ¿Quién coño sois, chavales?,
gritó. Su voz llegó rebotando y yo me aparté como si sus
palabras pudiesen golpearme. ¡Los Játac!, contestó Tiny

con orgullo. Jorge le dio un puñetazo en el hombro: Te
mataré, Ore. Tiny se llevó una mano al dolor y sonrió.
¿Los qué?, replicó Altagracia con un tono muy cercano
al asco. Tiny iba lanzado: ¡Los Játac, sordo! Albert lo
sentó en el suelo de un empujón: Si dices algo más, te
parto la cara. ¡Podéis salir por las buenas o por las malas!, rugió Altagracia. Era una amenaza de película, una
de nuestras amenazas favoritas cuando *Starsky y Hutch*
o *Los hombres de Harrelson* se la gritaban a los maleantes,
pero perdía interés cuando alguien tan real como Altagracia te la gritaba a ti y tú te hallabas solo y acorralado en
un túnel sin salida, sin nadie a quien pedir ayuda ni lugar al que huir. ¡Está bien, maricas!, gritó, ¡será por las
malas! Oímos sus pasos dentro del túnel, el tintineo de
sus llaveros y cadenas, también los de Miserachs y Sebastián Coto. Y luego oímos un chasquido metálico, y luego
otro, y otro. Tienen navajas, murmuró Albert. Lo miramos esperando una de sus rápidas y eficaces decisiones.
Albert lanzó los ojos hacia el fondo del túnel y luego
hacia el recodo por donde, en apenas unos segundos,
aparecerían Altagracia y los suyos. Imaginé su cerebro
funcionando a toda máquina. La espera se hizo intermi-
nable. Piensa en algo, Albert, rogué en silencio, apretando
los dientes y los puños, piensa en algo. ¡Vamos a jugar al
tres en raya en vuestras malditas espaldas!, anunció una
voz, supuse que la de Miserachs. Oh, no, musitó Betu
con los ojos muy abiertos. La mirada de Albert se cruzó con la mía y arranqué un presentimiento amargo del
color de sus ojos: no sabía qué hacer. Por primera vez,
Albert no sabía qué hacer. Las malas noticias se amon-
tonaban. Y los pasos sonaban cada vez más cerca, ya justo
detrás de la L. Un parpadeo y tendríamos tres navajas
automáticas frente a la cara. Hacia dentro, dijo Albert

súbitamente, empujándonos uno tras otro, vamos. Me agarró del brazo y me arrojó hacia el fondo del túnel, hacia donde corrían ya los demás. Iluminados por las linternas, con las bolsas Mirsa despedazándose a lo largo de la oscuridad, alcanzamos la primera bifurcación. Quietos, ordenó Albert, apaga la linterna, Jorge. Sumidos en la oscuridad, nos apiñamos contra la pared. Altagracia, Miserachs y Sebastián Coto ya habían dejado atrás el recodo y, desde allí, trataban de ver algo entre la negrura. ¡Correr no os servirá de nada!, gritó Altagracia. No os preocupéis, nos tranquilizó Albert, no llevan linternas, no entrarán, si nos quedamos aquí quietos no podrán vernos. Pero entonces, junto a las tres figuras que se habían detenido en la penumbra del primer recodo, se encendió de repente una luz. Bueno, maricas, dijo Miserachs, ahora estamos en igualdad de condiciones. Dios mío, suspiró Betu, también tienen linterna. Iban a apalizarnos. Así de sencillo. Como último recurso quedaba enfrentarse a ellos cuerpo a cuerpo, convertir el túnel en una madriguera de patadas y puñetazos; después de todo, éramos cinco contra tres, o contra dos y medio, porque decían que a Sebastián Coto le quitabas las gafas y no veía tres en un burro. Pero existían dos problemas para abonarse a la lucha. El primero era que los Játac no sabíamos pelear, no teníamos madera, carecíamos de la violencia necesaria, y, aunque en alguna ocasión no nos quedó más remedio que liarnos a golpes, éramos esencialmente pacíficos; y el segundo problema era que aquellos chalados llevaban navajas. No podemos ir por el túnel de antes, informó Albert mientras mirábamos horrorizados cómo Altagracia, Miserachs y Sebastián Coto avanzaban hacia nosotros y hacían destellar las navajas frente a su pequeña linterna, tendremos que arriesgarnos por éste. Era un

túnel en línea recta. No se veía el final, las paredes se
perdían en el infinito. No sabemos lo que hay ahí, dije,
es peligroso huir por un lugar que no conocemos, podríamos perdernos. No nos perderemos, aseguró Jorge. Betu
se acercó a mí: Yo estoy con Carlos. No podemos *estar*
con Carlos, le replicó Jorge, ¿qué significa *estar* con
Carlos?, ¿quedarse aquí?, ¡a la mierda!, ¿sabes cómo se
juega al tres en raya, tío?, ¡porque si no lo sabes te lo
cuento!, ¡se hacen un montón de cruces y círculos!, mola,
¿eh?, ¡pues *estar* con Carlos significa que ya nunca más
vas a necesitar un puto tablero de tres en raya!, ¡significa que en las comidas familiares, a la hora del café, te
tumbarán boca abajo en la mesa y se pondrán a jugar en
tu puñetera espalda!, quizás a ti te guste la idea, pero a mí
no me mola nada, vamos por el nuevo túnel y se acabó.
Desde luego, a Jorge se le notaba que leía muchas novelas.
Sin embargo, llevaba toda la razón del mundo. ¿Qué más
daba lo que hubiese en aquel túnel? No sería peor que lo
que nos reservaban Altagracia y los otros dos. ¡Eh, maricas!, exclamó Miserachs, ¿sabéis hacer algo más, aparte
de correr como ratas? Estaban a menos de seis metros de
distancia. Sus expresiones eran carnavalescas, ligeramente
irreales y amorfas debido a los reflejos de la linterna. Por
el rabillo del ojo advertí que Albert se preparaba para
encabezar el grupo hacia las entrañas del nuevo túnel.
Vamos, dijo cogiendo a Tiny del brazo. Pero entonces
Tiny se zafó de él y, con dos movimientos rotundos y
bien calculados, le arrebató la linterna a su hermano y se
apartó de nosotros como si nos estuviese regateando en
un partido de fútbol. Cuando quisimos darnos cuenta ya
se había adelantado un par de metros hacia Altagracia,
Miserachs y Sebastián Coto y había levantado el brazo
que sostenía la linterna. Orejón, musitó Jorge. Pero no

tuvo energía para más. Tiny permaneció quieto unos
instantes, las piernas abiertas, el brazo levantado y ligeramente echado hacia atrás. Va a lanzarles la linterna,
advertí sin acabar de creérmelo, dios mío, está como una
cabra. Me pareció una cómica bravuconada más del có-
mico Tiny SanGabriel, otra de las muchas bromas que
soltaba sin interrupción, como si fueran el aire que respiraba. La diferencia era que en aquella ocasión no había nada de qué reírse. ¿Qué pasa, niñato?, preguntó
Altagracia a tres metros de Tiny y levantando la navaja
automática, ¿vas a tirarnos la linternita a la cara? Tiny no
se molestó en responder. Su brazo derecho empezó a
oscilar y fue entonces cuando comprendí que no se trataba de ninguna charlotada, que su rostro desprendía
rabia y concentración y que, por primera vez en su vida,
Tiny había tomado la iniciativa y el mando de los Játac.
Albert, probablemente obedeciendo un impulso, conectó
su linterna y enfocó la cara de Altagracia. Me pareció un
momento de maravillosa sincronización. El brazo de
Tiny cabeceó, se tensó y, sin más rodeos, salió disparado-
do hacia delante. Fue muy rápido. No vi la trayectoria
de la linterna, pero sí la cara de Altagracia con los ojos
muy abiertos y la boca desencajada al recibir el fuerte
impacto, y vi cómo se llevaba en el acto las manos a la
frente. Tiny había dado en el blanco. ¡Mierda!, chilló
Altagracia, ¡me cago en la puta! Mientras Tiny retroce-
día hasta nosotros me di cuenta de que su ataque había
sido realmente serio: entre los dedos de Altagracia comenzaban a gotear los primeros hilillos de sangre. Hostia,
Bruno, dijo Miserachs enfocándolo con su linterna, estás sangrando. Altagracia se miró las manos y su expresión varió del dolor al asombro y del asombro al más
puro de los odios; era un animal herido y fuera de con-

trol. Cuando pudo apartar la mirada de su propia sangre, levantó la cabeza y nos buscó con los ojos. Como Albert seguía enfocándolo con la linterna, contemplamos con una mezcla de fascinación y terror la brecha que se la había abierto en la frente. ¡Apagad esa puta linterna!, rugió guiñando los ojos debido a la luz y a la sangre que se le metía en ellos. Albert no la apagó. Os habéis pasado, cabrones, añadió. No tenía fuerzas para seguir gritando y hablaba con los ojos cerrados, apretándose la frente con la mano izquierda. La sangre le seguía manando de la herida y tuvo que apoyarse en la pared. Aun así, hizo un esfuerzo por enseñarnos su navaja una vez más: Os voy a rajar, niñatos cabrones de mierda. Sus amenazas eran débiles escupitajos de sangre. Se apartó de la pared con la intención de venir hacia nosotros, pero sólo consiguió esbozar un paso. Al instante, se vio obligado a buscar de nuevo el amparo de la pared. Miserachs se acercó de un salto y lo sujetó. Esto no tiene buena pinta, dijo, será mejor que salgamos de aquí. Tendríamos que ir al hospital, opinó Sebastián Coto. Altagracia recuperó por un instante la energía: ¡No tenemos que ir a ninguna parte!, ¡antes tengo que partirles la cara a estos niñatos! Te está saliendo mucha sangre, dijo Miserachs. Mucha, agregó Sebastián Coto. ¡Ya sé que me está saliendo *mucha* sangre, imbéciles!, escupió Altagracia, ¿quién coño creéis que tiene el tajo en la cabeza? Chillar no lo ayudaba a calmar el dolor, porque se encogió todavía más, los ojos fuertemente cerrados y una mueca de sufrimiento cruzándole la cara ensangrentada. Venga, vámonos, ordenó Miserachs cogiendo a Altagracia, que ya no opuso resistencia. Iremos a por vosotros, niñatos, nos amenazó Miserachs, no creáis que esto se va a quedar así, y no se os ocurra volver por aquí, ¿entendido?, estos túneles son nuestros, ¿lo habéis entendido? ¡N-U-E-S-T-R-O-S! Dieron media vuelta y se alejaron por el túnel en dirección a la salida, los tres muy juntos, como mutilados de guerra huyendo del campo de batalla. Me mareo, iba diciendo Altagracia, me mareo. Permanecimos no sé cuánto rato escuchando el silencio, los crujidos de las cañerías, el goteo de no se sabe qué corrientes de agua, nuestra respiración. Nadie se puso a dar botes de alegría ni a celebrar nada. Quizá podía parecer que habíamos enderezado y resuelto la situación, pero, en realidad, la habíamos empeorado. Todos lo sabíamos. Era maravilloso haber herido a Altagracia y haberlo hecho retroceder, pero la situación había empeorado sin ninguna duda. Altagracia, Miserachs y Sebastián Coto tenían muy desarrollado el sentido del asalto y la amenaza. Mientras no te metieras con ellos, mientras los ignoraras y procuraras cambiar de acera al cruzarte con ellos, gozabas de la posibilidad de seguir a salvo de sus hostigamientos. Pero si se te ocurría levantarles la voz o replicarles, si se te ocurría decirles que tu madre no te preparaba los bocadillos del almuerzo para que unos malditos hijos de puta como ellos los patearan, entonces te ganabas cruces invertidas en la espalda. Creo que ya podemos salir, dijo Albert al cabo de unos minutos. En cuanto salgan del hospital vendrán a darnos una paliza, comentó Betu lúgubremente. No nos conocen, le rebatió Albert, no creo que nos hayan visto la cara, aquí está muy oscuro y la mayor parte del tiempo los he deslumbrado con mi linterna, y la suya era una birria. Como, excepto Albert, íbamos todos al colegio Virgen de la Salud, incluidos Altagracia y Miserachs, sugerí que era bastante probable que, de un modo u otro, nos hubieran reconocido. Tal vez no a los cinco, pero sí a alguno de nosotros, por el perfil, por la voz, por la ropa. De todas formas quedaban todavía casi dos meses para que se iniciaran las clases, así que por el momento no sabían dónde buscarnos, ignoraban dónde vivíamos. Venga, dijo Albert, salgamos de aquí. ¡Sí!, asintió Jorge, ¡a la mierda lo que ocurra dentro de dos meses!, ¡hoy les hemos arreado una buena!

Bajé de nuevo la persiana del balcón y regresé a la cama. Vanesa respiraba profundamente en el otro extremo del colchón, justo en el borde, cinco centímetros más y caería al suelo. Eché un vistazo al reloj despertador: las dos y cuarto. Apenas disponía de cuatro horas para dormir. Mañana no habrá quien me tenga en pie, me lamenté. Sin saber por qué me horrorizaba volver al día siguiente a los desagües, comenzar a derribar paredes. Me tumbé boca arriba e intenté cerrar los ojos.

A veces le pegábamos. Me refiero a Tiny. Le pegábamos en broma, pero le pegábamos de verdad. Nunca he sabido encontrar una explicación al porqué lo hacíamos, pero el caso es que éramos crueles con él. En primavera lo más corriente era azotarlo con las ramas aún tiernas de los árboles. Arrancábamos ramas de medio metro de longitud y lo perseguíamos sin tregua por las aceras y los portales. Yo le pegaba con todas mis fuerzas, lo reconozco, y me fascinaba que él recibiera los latigazos riéndose y que después nos mostrara su espalda cruzada de finas líneas de sangre y continuara riéndose. Cuanto más fuerte le pegabas, más se reía; tampoco he encontrado un porqué a eso. Una tarde, Jorge, que no soportaba ser inferior a su hermano en ningún sentido, dijo: Pegadme a mí, yo también puedo soportar el dolor. Y fue arrearle un par de veces con una de aquellas ramas y de inmediato suplicó que nos detuviéramos, joder, que dolía la hostia, que pegáramos al Orejón; luego pasó el resto de la tarde quejándose. En verano, en cuanto Tiny nos provocaba un poco, porque a veces nos provocaba, le golpeábamos con las chanclas de goma, las mismas que utilizábamos para ducharnos en la piscina o en los vestuarios del colegio después de educación física, le pegábamos hasta que le

48 CARLOS PERAMO

dejábamos la piel enrojecida. Cuando lo apalizaron Altagracia y sus amigos, lo primero que pensé fue que ellos no le habían hecho nada que no le hiciéramos nosotros a diario por pura diversión. Resulta curioso que fuera Tiny quien abriese una brecha en la frente de Altagracia, que no fuera Albert, por ejemplo, o yo, que a veces perdía los papeles y cometía estupideces sin nombre. Nadie hubiese imaginado jamás que el hazmerreír de los Játac, nuestro payaso particular, terminaría birlándole a Altagracia su condición de intocable. Ni siquiera le dimos la enhorabuena por ello, no se nos ocurrió felicitarle; salimos de allí como si la victoria hubiese sido colectiva. Que Tiny hubiese sido capaz de arrojar aquella linterna nos maravilló a todos. Muchas veces me pregunté con el correr de los años por qué nunca utilizó esa osadía contra nosotros, por qué cuando lo hostigábamos con las ramas tiernas de los árboles no se detenía y nos plantaba cara, por qué soportaba nuestras vejaciones y, sobre todo, las de su hermano, que a la postre fue el único que le rindió tributo colocándose una fotografía suya en la mesilla de noche; quizá la conserve aún. Jorge hablaba poco de su hermano, huía de su recuerdo como si le escociera. Al cumplir veintiocho años conoció a una aragonesa y se fue a vivir con ella a Zaragoza. Venía dos o tres veces al año a Sant Feliu para visitar a sus padres y aprovechábamos sus apariciones para irnos los cuatro a cenar por ahí. En su colección de anécdotas casi nunca mencionaba a Tiny, y nosotros, como sabíamos que lo violentaba, tampoco. Supuse que irse a Zaragoza fue su forma novelesca de escapar, de olvidar, de salir del atolladero en el que se embarrancó tras la muerte de su hermano. Había fracasado en los estudios, de niño y también de adolescente, no pasó de octavo. Sus padres lo llevaron a un psicólogo juvenil para ayudarlo a superar lo de Tiny, pero él se saltaba la mayoría de las visitas. Vagabundeó más tarde de un trabajo a otro sin conseguir ningún contrato digno y, a los diecinueve años, se marchó al servicio militar a desahogarse con los Cetme y los novatos; pasó muchas horas en el calabozo, purgó con guardias su rebeldía, tuvo problemas con la justicia militar y regresó a casa con manchas en su expediente. Se convirtió en un chico problemático y comenzó a complicarnos las noches de juerga con salidas de tono y peleas inexplicables con tipos que, según él, le miraban mal; hemos recibido más de un puñetazo por su culpa. Una tarde, pocas semanas antes de marcharse a Zaragoza, le entraron ganas de hablarme de su hermano. Recordó las tonterías que decía, lo que llegábamos a reírnos con sus payasadas, pero no dijo nada de lo que sucedía cuando, sentados en los portales de nuestra calle, teníamos un día aburrido y él, por ejemplo, para matar el tiempo, se levantaba y se dedicaba a atosigar a Tiny hasta que se cansaba de azotarlo y verlo reír. Y tampoco yo hice ninguna alusión a que los demás nos dedicábamos a observar la muy habitual escena variando de la risa a la indiferencia y de la indiferencia a la compasión por ambos hermanos, comiendo pipas o mascando chicle, a veces en silencio, otras riendo y otras vitoreando como espectadores metidos en un improvisado combate de boxeo. Cuando hablábamos de Tiny solíamos ocultar esa parte oscura, como la ocultamos Jorge y yo aquella tarde, pero todos sabíamos lo que representó realmente Tiny para nosotros: apenas un juguete que manejamos a nuestro antojo. Y al recordar aquellos días, por mucho que tratamos siempre de montarnos una infancia idílica e irrepetible, yo no podía evitar el pensamiento aciago de que Tiny estaba muerto, que llevaba muchos años muerto y que lo habían enterrado con las cicatrices de nuestros latigazos.

Al día siguiente, al despertarnos, no mejoró nada entre Vanesa y yo. Ninguno de los dos parecía dispuesto a ceder; yo ya lo había hecho por la noche y no iba a rebajarme de nuevo. Resultaba más sencillo callar, mantener la postura de guerra. Nos aseamos y vestimos cada uno por su cuenta mientras afuera amanecía y a mí me dolían todos los huesos del cuerpo. Antes de que yo saliera por la puerta, me comentó que iría a comer a casa de su madre y que no sabía a qué hora volvería. No me esperes para cenar, concluyó. Lo dijo con la misma pasión que si le hubiese hablado a una pared.

Al llegar al coche abrí el maletero, cogí el estuche de viejos casetes que guardaba allí desde hacía no sabía cuánto tiempo, y busqué el de Survivor. Lo encontré y lo puse en el radiocasete. Al oír los primeros compases de *Eye of the tiger* se me escapó una sonrisa. ¿Cuántas veces habíamos cantado aquella canción los Játac y cuánto tiempo llevaba yo sin escucharla? Fue nuestra canción favorita, nuestro himno. Cuando quise darme cuenta ya la estaba cantando. En el semáforo de incorporación a la carretera C-245, los conductores de los otros coches me miraron con curiosidad, probablemente preguntándose cómo alguien podía ser capaz de cantar a las seis y media de la mañana. Me sentí ridículo y callé. Era increíble el modo en que aquella canción me remitía de forma inmediata al verano de mil novecientos ochenta y uno, aquel verano especialmente tenso que fue, visto lo sucedido después, el principio del fin.

Dos días después del incidente en los túneles de desagüe, encontré al resto del grupo en el sótano del garaje de Albert. El padre de Albert utilizaba el garaje para reparar coches en sus ratos libres, lo veías siempre debajo de motores y carrocerías, sucio de grasa, como si realmente viviese allí y no en su casa. A mí me fascinaba su capacidad para reparar coches, que, por ejemplo, mi padre le llevara el Renault 12 con el cable del embrague destrozado y, un rato después, el embrague volviese a funcionar a la perfección; todos los del vecindario le confiaban sus coches porque hacía más o menos lo mismo que los talleres oficiales y cobraba menos. A nosotros nos permitía utilizar el sótano, que era húmedo, oscuro y en verano repelía el calor, a condición de que no le tocáramos las herramientas. Las herramientas tienen la mala costumbre de desaparecer, nos advertía, si no las vigilas cambian solas de sitio. Aquella mañana, al levantar la persiana del garaje, me dieron una vez más la bienvenida a todo volumen los Survivor. Descendí las escaleras que bajaban al sótano y allí me encontré a Albert, Jorge y Betu dando brincos alrededor del radiocasete, tocando la guitarra, el bajo y la batería y dirigiéndose a los miles de fans que los aclamaban. Nos gustaba representar aquel tipo de pantomimas, imaginábamos que las chicas del barrio, siempre tan indiferentes, trepaban al escenario y se rendían finalmente a nuestros pies, nos pedían autógrafos y besos, nos suplicaban que las acompañáramos al cine. En el sótano del garaje, salvo competir al Scalextric, soñar con la gloria o sentarse en el suelo a comer golosinas y decir tonterías, no había mucho que hacer. Al verme llegar no se detuvieron, sino que continuaron rasgando cuerdas y aporreando tambores hasta que finalizó la canción. Me uní a ellos y, sin desfallecer, interpre-

tamos varias veces *Eye of the tiger* con nuestro inglés ru-
dimentario, *ai of de taiguer, its de crim of de fait*, gritando
más que cantando. Después conectamos el Scalextric y
disputamos desganadamente un par de carreras. Los de-
rrapes de los coches y las vueltas de campana por las
pistas no lograron animarnos, porque en cada destello de
sus carrocerías evocábamos las navajas automáticas
de Altagracia y sus compinches; escuchábamos el rugi-
do de los motores de los Porsche Jocavi y de los Lancia
Stratos Le Point, y en nuestros oídos resonaban las amenazas de Miserachs: *Volveremos a por vosotros, niñatos.*
¿Y el Ore?, pregunté. En su clase de repaso, respondió
Albert. Nos quedamos un rato callados, mirando las grietas del suelo, los cachivaches mecánicos que el padre de
Albert amontonaba por los rincones; teníamos mala cara.
Yo había soñado que Altagracia se me aparecía en el pasillo de casa con la frente cosida con hilo negro muy
grueso y sonriendo como sonreían los hombres lobo o
los vampiros antes de cobrarse una víctima. Por enésima
vez en las últimas cuarenta y ocho horas pregunté: ¿Por
qué Altagracia y los suyos estarían en los desagües? También por enésima vez, Jorge no se pudo resistir: Para pa-
jearse a gusto. ¿Caminar dos kilómetros sólo para pajear-
se?, recelé. Llevábamos ya dos días dándole vueltas, nos
parecía demasiada casualidad que los tres se encontraran
precisamente el mismo día y a la misma hora que nosotros en la riera. Betu era el único de los cinco que lo tenía claro. ¿Para qué darle más vueltas?, dijo también por
enésima vez, fue una cuestión de mala suerte y ya está,
es mejor que lo olvidemos. Betu temía las preguntas, porque cuando los Játac hacíamos preguntas las respuestas
no se improvisaban: se iba a por ellas. Preguntar por qué
Altagracia coincidió con nosotros en los desagües de la

carretera 340 equivalía a no olvidarse del asunto, y no olvidarse del asunto significaba involucrarse más en él, correr hacia la boca del lobo en lugar de en la dirección opuesta. A mediodía, se abrió la puerta metálica del garaje y oímos la voz de Tiny: ¡No os lo vais a creer! Bajó las escaleras del sótano de dos en dos. ¡No os lo vais a creer!, repitió sonriendo. Aterrizó junto a mí, nos miró uno por uno y añadió: Sé por qué Altagracia, Miserachs y Coto estaban en la riera. Eres un mentiroso, O, lo acusó Jorge. Los demás pensamos lo mismo. Tiny era un mentiroso patológico, le gustaba tomarle el pelo a todo el mundo con las cosas más banales, te descuidabas un poco, bajabas la guardia, y te enredaba con uno de sus embustes, algunos de una creatividad e ingenio fuera de lo común. Era realmente un artista del engaño y, por mucho que lo conocieras, siempre encontraba una oportunidad para engatusarte. El problema de esa singular habilidad era que cuando decía la verdad necesitaba mucha convicción para que resultara creíble, no sabía decir la verdad sin que pareciese una mentira. He estado hablando con Pancho Luna, dijo. Jorge se asustó: No le habrás contado nada, ¿verdad? Sí, contestó Tiny con tranquilidad. ¡Eres un imbécil!, le soltó su hermano arreándole una patada en la pierna sin levantarse del suelo, un imbécil de mierda. Los demás estuvimos de acuerdo, porque Pancho Luna era el típico cretino que, tarde o temprano, tropezaría otra vez con Altagracia, Miserachs y Sebastián Coto y, en lugar de cerrar la boca, no podría evitar preguntarles con recochineo si se lo habían pasado bien en los desagües. De ahí a que salieran nuestros nombres habría sólo un paso. Tienen su guarida allí, dijo Tiny con los ojos brillantes y muy abiertos, un escondite secreto dentro de los túneles. Nos miramos unos a otros y de repente pensé en la linterna que Miserachs se había sacado del bolsillo al entrar en el túnel. Uno no llevaba una linterna en el bolsillo así por las buenas, llevaba quizás un mechero o unas monedas, pero no una linterna. Es una trola, ¿verdad, Ore?, insistió Jorge arreándole otra patada, confiesa. Tiny confesó: No es una trola, dos días después de dibujarle la cruz en la espalda se lo llevaron a los desagües y lo tuvieron allí un buen rato, lo obligaron a fumar y a desnudarse y cosas así. Por eso llevaban una linterna, intervine. Dice Pancho Luna, continuó Tiny, que tienen una especie de agujero en uno de los túneles. Guardamos silencio, un silencio que olía a idea, a plan suicida. No estaréis pensando en volver, ¿verdad?, preguntó Betu. Resultaba evidente que sí lo estábamos pensando, pero sólo habían transcurrido dos días desde lo ocurrido en la riera y ninguno de nosotros había olvidado lo cerca que habíamos estado de las navajas automáticas, así que, por una vez, desistimos de arriesgarnos y convertimos el verano en un aburrido encierro de treinta y un días. Fuimos poco a la piscina y al centro, descartamos las sesiones dominicales en el cine Guinart. Convertimos nuestra calle y el sótano del garaje de Albert en nuestro ecosistema particular y agosto se fue diluyendo lentamente en el calendario. Ninguno de nosotros se fue de vacaciones. Mi padre trabajó todo el verano y también los padres de los demás, así que de vez en cuando, sobre todo los sábados por la tarde o los domingos por la mañana, nos tocaba acompañarlos a la playa o, aún peor, a visitar a algún pariente. Aquél fue el verano en que cumplí catorce años. El siete de agosto mis padres me regalaron una cartera para el nuevo curso, octavo, y un Casio, un reloj de números digitales con coraza negra de plástico que acababa de salir al mercado y que había desbancado a los analógicos. Se había producido una verdadera epidemia de relojes enormes, dotados de termómetro, calculadora, cronómetro y la hora local de Nueva York y Tokio; al parecer, era muy importante saber la hora de Nueva York y Tokio. Se vendieron como rosquillas, pero yo era el único de los Játac que poseía uno. Y llevarlo a diario en la muñeca me parecía un modo perfecto de recordar silenciosamente que yo era el mayor de los cinco. Aventajaba en un año a Albert y Jorge, en dos a Betu y casi en tres a Tiny. No era mucho, pero me gustaba ser el mayor de todos. Por supuesto, con el tiempo, también fui el primero en obtener el permiso de conducir, el primero en cumplir el servicio militar y el primero en ponerme a trabajar, acontecimientos en los que no me hubiese importado ser, pongamos por caso, tercero o cuarto; no siempre apetece romper el hielo.

Llegué al puente de la riera y estacioné el coche junto a la baranda de protección. Apagué el motor y los Survivor enmudecieron de golpe. Los chicos de la brigada me esperaban ya frente a los desagües. Allí abajo, a pesar de que no eran todavía las siete, se adivinaba ya el calor asfixiante que haría dentro de un par de horas. Me puse el mono de trabajo, me calcé las botas y me coloqué el casco de protección. Empezaba la rutina de cada día. Tracé el plan de la jornada y abrí camino hacia los desagües. Me siguieron todos cargados de herramientas y potentes linternas. No me apetecía entrar allí dentro, no sólo porque me traería otra vez de vuelta al niño que fui, sino porque detestaba ese trabajo, tan repetitivo, tan sucio. Seguía en él porque tenía que hacerlo, la vida era eso: un empleo seguro, un contrato fijo. Mi padre había trabajado allí como capataz casi treinta años y te lo contaba con orgullo, jamás lo oí quejarse de la rutina, de la suciedad, de que le hubiese gustado dedicarse a otra cosa. Yo también debería estar orgulloso, antes lo estaba, pero últimamente me había dado por preguntarme por dónde se había quebrado la línea entre lo que era y lo que un día deseé ser: yo de pequeño quería ser médico y curar a la gente, extinguir fuegos, ir a la luna, no ser capataz de ningún departamento de nada.

Al ser engullido por la oscuridad de los túneles sentí un ligero cosquilleo en la nuca porque, mirando la espalda de Fernández, que me precedía por el túnel, veía irremediablemente la espalda de Betu, su espalda pequeña y nerviosa, y casi podía oír los jadeos de Jorge detrás de mí. Al cabo de un instante el hormigueo en la nuca se diluyó y me sentí como me había sentido el año anterior cuando repusieron algunos episodios de *Los hombres de Harrelson* en el quinto canal. ¿Aquéllos eran los hombres que nos parecían tan infalibles, tan héroes? ¡Pero si se enfrentaban a malos de pacotilla, a tontos de remate! ¿Aquéllos eran los túneles que tanto nos entusiasmaron? ¡Si se trataba de desagües vulgares! Una de las frases favoritas del Jorge adulto, del Jorge que tenía mucho de doctor Jekyll y míster Hyde porque los fines de semana arrojaba vasos al aire dentro de las discotecas y saltaba sobre los capós de los coches y luego, entre semana, leía a Nietzsche o a Descartes, era: la objetividad no existe. Solía provocar discusiones tremendas en el grupo con tal afirmación, pero yo nunca se la rebatí, me gustaba. Los desagües seguían siendo los mismos que en mil novecientos ochenta y uno, *Los hombres de Harrelson* también, pero ni a los unos ni a los otros podía ya volverlos a ver como antes. Se me ocurrió en ese momento que llamaría a Albert o a Betu por teléfono para contarles que había estado en la riera, en el interior de los túneles, que había

vuelto a pisar la misma porquería que pisamos nosotros;
quizá serviría como excusa para organizar una de nuestras cenas esporádicas sin esposas. Sin Jorge podríamos
hablar abiertamente de Tiny, decirnos lo mucho que lo
echábamos de menos. Comenzaríamos por las anécdotas más divertidas, lloraríamos de risa al recordar la vez
que Tiny intentó defecar haciendo el pino mientras los
demás lo aguantábamos por los tobillos y le mirábamos
el culo esperando ver aparecer la prueba de su éxito, o
cuando trepaba a los árboles y se masturbaba como un
chimpancé. Tarde o temprano, sin embargo, el vino acabaría poniendo sobre la mesa el verano de mil novecientos ochenta y uno, nuestras risas se irían apagando y alguien, probablemente Albert, que acostumbraba a ser el
primero en ponerse melancólico, diría: Qué verano, joder. Y reconstruiríamos la incursión en el sistema de
desagües, el linternazo de Tiny contra la frente de Altagracia, el agosto que primero no parecía terminarse
nunca y que luego terminó demasiado rápido porque la
llegada de septiembre significaba regresar a la escuela, al
patio y a los pasillos, donde también estarían Altagracia
y Miserachs, ambos cursando octavo y esperándonos
para volvernos la cara del revés. El primer día de clase fue
horrible. Jorge, Betu, Tiny y yo no sólo íbamos nerviosos
por el inicio del curso, sino también por la concentración
y esfuerzo que requeriría controlar todas las caras que se
cruzaran con nosotros; estábamos convencidos de que un
despiste podría costarnos una cruz grabada en la espalda. Durante el recreo buscamos un rincón junto a la pista
de baloncesto y permanecimos inmóviles como centine-
las, los ojos clavados en Altagracia o Miserachs siempre
que nos era posible. Los vimos jugar al fútbol con sus
botas de vaquero y sus pesados llaveros, comerse sus bo-

cadillos. Y, al sonar el timbre y regresar a clase, nos de-
moramos lo suficiente para no coincidir con ellos por
las escaleras. Por la tarde, sentados ya los cinco en nuestra
calle, celebramos que no se hubiese producido ningún
incidente. Eso significa que no saben que fuimos nosotros, dije. Se dibujó una sonrisa de alivio en los labios de
todos. Jorge propuso ir a comprarnos unas golosinas para
celebrarlo. Antes de entrar en la tienda nos mostró un
billete de cien pesetas donde, a modo de homenaje, había escrito: *Jódete, Altagracia, 1981.* Le gustaba escribir
cosas en los billetes de cien antes de gastárselos. Decía que
sería fascinante recuperar al cabo del tiempo un billete
que hubiera salido de su bolsillo y hubiese ido de mano
en mano, de tienda en tienda, hasta no se sabía qué lugar
ni en qué bolsillo o monedero. Imaginad que nos lo encontramos dentro de diez años, fantaseó segundos antes de entregárselo a la señora Mirsa a cambio de dos latas
de Coca-cola y un buen puñado de golosinas, o que lo
leen Altagracia, Miserachs y Coto. Sonreí: Espero que no
reconozcan tu letra. Jorge tenía una caligrafía limpia y
clara; sin darse cuenta, o quizá dándose, imitaba la de los
libros. Sí, asintió, ojalá lo lea el cerdo de Altagracia. Los
demás pensamos que resultaba poco probable que eso
sucediera, porque, hasta aquel momento, ninguno de
nosotros se había encontrado jamás con uno de esos billetes de cien pesetas que Jorge arrojaba al mundo con sus
frases estrafalarias anotadas cerca de la frente de Manuel
de Falla. Regresamos a la calle y nos sentamos en el
umbral del garaje de Albert. Su padre se hallaba hurgando
con una linterna los bajos de un Talbot Horizon. ¿No
tenéis deberes?, preguntó junto al tubo de escape. No,
contestó Albert. Pues pásame la llave fija del trece, le
pidió. Albert refunfuñó. A veces su padre lo tenía yen-

do de un rincón a otro del garaje en busca de herramientas, trapos y piezas de recambio. Cuando eso ocurría, los demás nos alejábamos disimuladamente para evitar convertirnos también en ayudantes. En aquella ocasión fuimos a sentarnos veinte metros más arriba, junto a la tapia de un solar lleno de hierbajos donde a veces entrábamos a apedrear gatos. Jorge se bebió las dos latas de Coca-cola en un santiamén y comenzó su repertorio personal de eructos, otro de esos pasatiempos suyos que yo, junto a los tortazos que le propinaba a su hermano, le atribuía a su parte míster Hyde y que, a base de práctica, había logrado elevar a la categoría de arte, un eructo, una pausa de segundos, otro eructo, otra pausa de segundos, con cadencia, con ritmo; siempre lo hacía del mismo modo, daba pequeños avisos, diez o doce, y al final llegaba el auténtico estruendo, los auténticos fuegos artificiales. Se lo tomaba tan en serio que los demás rehusábamos competir con él; sencillamente, no podías ganarle. De un solo eructo era capaz de decir *¡Idos a la mierda, tíos!* Y si ponía especial interés en ello, si, como aquella tarde, se recargaba de gases, en una sola bocanada te soltaba *¡Idos a la mierda, tíos, y dejadme en paz!* Verle era todo un espectáculo, en especial cuando se empeñaba en batir su propio récord de nueve palabras. Ni se te ocurra, Jorge, dije deseando en realidad que lo hiciera y superase su marca personal. Él sonrió y desorbitó los ojos; desorbitaba mucho los ojos, tenía la costumbre, como si quisiera que te cayeras dentro de ellos. Fue un eructo tremendo: ¡Idos a la mierda, tíos, y dejadme en paz! Se quedó a las puertas del récord, pero aun así lo sentí rebotar contra mi oreja. ¡Joder!, exclamé, ¡cómo te pasas, tío! Jorge rió satisfecho: ¡Sí, cómo me paso!, ¡soy el número uno! Entre nosotros era sumamente importante ser el número uno en algo, en lo que fuera, se utilizaba como arma. Si tenías un mal día con el Scalextric y no conseguías nada meritorio, si eras vapuleado al póquer o al siete y medio, si te quedabas sin un duro en el Monopoly o te era imposible fugarte de la prisión de Kolditz, siempre podías decir: bueno, pero yo me tiro los eructos más largos. Y los demás tenían que callarse, porque se trataba de verdades capitales. La tarde terminó y luego también terminó el día, y llegó la noche y el segundo día de curso, y así, lentamente, se inició la rutina escolar de las lecciones, los resúmenes de quince líneas y la ducha obligatoria después de la clase de Educación Física. Yo nunca fui un buen estudiante, pero supongo que en aquel curso se hizo más evidente y también más urgente tratar de ponerle remedio. El padre Julio, mi tutor, les dijo a mis padres, en una de aquellas temibles reuniones entre profesorado y familiares, que yo veía pasar una mosca volando y me quedaba mirándola con la boca abierta. Podría ser un buen estudiante, añadió, es un chico tranquilo, pero no presta atención. Mis padres intentaron entonces convencerme de que me olvidara de las moscas. Olvídate de las moscas, me aconsejó mi madre. Yo no supe qué decir, no sabía a qué moscas se refería. Si te quedas mirando moscas no serás nada en la vida, abundó mi padre. Parecía una broma. Como me vieron cara de alelado, me contaron lo que les había dicho el padre Julio. Yo no me quedo mirando moscas, dije. Mi madre insistió: Olvídate de las moscas y presta atención en clase, haz bien los ejercicios. Asentí sin entender nada, pensando que tal vez mis padres tampoco habían entendido al padre Julio o que el padre Julio no me entendía a mí. El caso es que a partir de ese día comencé a fijarme en las moscas; es lo que tiene tomarse las cosas al pie de la letra. Descubrí, por ejemplo, que las más pequeñas rebotaban estúpidamente contra los cristales porque eran incapaces de advertir que se hallaban frente a una barrera transparente, pero que las más grandes sabían esperar con paciencia a que alguien abriese la ventana para escapar; deduje que se debía al tamaño de sus cerebros. Desde luego, podría haber escrito un estudio interesante sobre el comportamiento de las moscas en el aula doce, como que algunas de ellas vivían sólo veinticuatro horas o que en las patas tenían garras y ventosas, pero dejé en blanco un comentario de texto sobre los dos primeros capítulos de *Viaje a la Alcarria* y, por supuesto, no atiné con el resultado de una ecuación simple ni con la conjugación del pretérito pluscuamperfecto de los verbos *aimer* y *être*. La primera evaluación del curso fue un completo desastre: un *muy deficiente*, cinco *insuficientes*, tres *suficientes* y un *bien*. Quizá deberías tomar algo para la memoria, sugirió mi madre, Memorabilia, por ejemplo, o Gingsen rojo. Mi padre fue menos científico. Las moscas, Carlos, me regañó, las condenadas moscas. Pero claro, yo ya no podía olvidarme de las moscas, al contrario, habían comenzado a obsesionarme. Una tarde, harto de verlas en movimiento, cacé una para inspeccionarla de cerca. Me aficioné a ello. En casa les atizaba con trapos de cocina o periódicos enrollados, y, una vez muertas, las cogía por las alas y las observaba a través de una lupa que le habían regalado a mi madre en el banco. Conseguí que Jorge se aficionara conmigo. Cuando nos cansamos de verlas muertas, perfeccionamos la técnica de atraparlas al vuelo sin matarlas. Jorge poseía unos reflejos excepcionales para esa forma de caza, fallaba muy pocas veces. Esperaba a la mosca con la mano abierta y, cuando ella se confiaba, la barría de un manotazo y la apresaba dentro del puño. La metíamos entonces dentro de una caja de plástico transparente y luego llenábamos la caja de hormigas. Se originaban peleas formidables. La mosca se defendía con su increíble velocidad, pero al final se cansaba, podía tardar más de una hora en rendirse, pero tarde o temprano se cansaba, comenzaban a pesarle las alas y las patas, y entonces una hormiga atrevida iniciaba el ataque, y luego se le unía otra y luego otra hasta que la mosca moría entre patas y antenas y mandíbulas que la despedazaban. Nos fascinaba, perdíamos horas preparando el espectáculo y disfrutando de él. Con el tiempo me pareció curioso que un comentario inocente y metafórico del padre Julio provocara en mí una reacción tan sanguinaria y cruel, lo bastante intensa como para repetir hasta el aburrimiento los combates entre moscas y hormigas. Albert, Betu y Tiny, hasta aquel momento ajenos a nuestras sesiones con bichos, se quedaron boquiabiertos cuando un sábado por la mañana Jorge y yo los invitamos a presenciar un combate entre una mosca y doce hormigas. Les gustó tanto que nos lo hicieron repetir hasta tres veces. Pero ya se sabe que los Játac nunca teníamos suficiente, era únicamente cuestión de tiempo que lo de las moscas quedara obsoleto. Y sucedió aquella misma mañana. Ahora lo haremos con lagartijas, sonrió Jorge, será más emocionante. Así que fuimos al patio trasero de su casa y buscamos lagartijas entre los ladrillos y grietas de la pared. Durante dos o tres días no conseguimos atrapar ninguna; como mucho, arrancarles el rabo a dos o tres. Pero muy pronto adquirimos la pericia necesaria para atraparlas e iniciamos con ellas un sacrificio macabro: las metíamos en un tiesto vacío untado con aceite para que resbalaran y no pudieran escapar, las rociábamos con alcohol y les prendíamos fuego; no quedaba ni rastro de ellas. Y luego, por lógica y hastío de lagartijas, llegaron los gatos que vagabundeaban por la calle. Pero claro, los gatos callejeros no eran lagartijas ni moscas, ni mucho menos hormigas, así que darles caza se convirtió en un complicado desafío del que salimos derrotados. Llevados por la frustración, acabábamos siempre arrojándoles piedras y latas. Pero Tiny nos sorprendió a todos con una técnica muy suya: el engaño más elemental. Se presentó un día con los bolsillos llenos de comida y se la ofreció a los gatos desconfiados y hambrientos, que observaban los restos de pan y jamón dulce con unas ganas locas de acercarse. Tardó más de dos horas en lograrlo, pero finalmente un siamés mugriento cometió el error de aproximarse hasta su mano y quedó apresado de inmediato. De nada le sirvieron los desesperados zarpazos que lanzó sobre los brazos de Tiny. Tiny estaba acostumbrado al dolor, sabía soportarlo. Lo primero que se nos ocurrió hacer con el animal fue comprobar si era cierto que los gatos podían caer de cualquier parte sin lastimarse, así que lo subimos hasta el terrado de Jorge y Tiny, que estaba a casi siete metros de altura; yo iba tan exaltado que me temblaban las piernas. Una vez arriba, sin dudar, Tiny arrojó el siamés al vacío. El animal cayó en silencio y, con una agilidad que nos maravilló, aterrizó sobre las cuatro patas y salió disparado hacia el solar de la esquina como si sólo hubiese saltado un bordillo. ¡Joder!, exclamé. De inmediato, seducidos por el poder elástico del gato, pensamos en una altura mayor. De los Játac, el que vivía más arriba era Betu, un tercero segunda. Efectuamos el cálculo: en los edificios de nuestra calle, un tercero segunda con entresuelo equivalía a unos doce metros. Tiny puso manos a la obra y a los pocos minutos ya había conseguido otro gato, un gato blanco con los

ojos de distinto color. Costó mucho más convencer a
Betu. No voy a tirar ningún gato desde mi balcón, dijo.
Tú no vas a tirar ningún gato, le replicó Jorge, lo va a tirar
el Orejón. Aun así, no puedo, insistió Betu pellizcándose
la entrepierna. Lo rodeamos y empezamos a atosigarlo.
Se defendió como era habitual en él, con nervio, pero
lentamente se fue quedando sin energía. ¡Está bien!, accedió al final, ¡pero sólo una vez!, ¿de acuerdo?, ¡una sola
vez y punto! Jorge se besó el pulgar derecho y exclamó:
¡Jurado! Esperamos a que la madre de Betu saliera a hacer
la compra y, en cuanto dio la vuelta a la esquina de la calle,
entramos en el edificio y subimos hasta el tercero. El gato
parecía sentirse a gusto entre los brazos de Tiny y en
ningún momento hizo intento alguno de escapar. Betu
abrió la puerta y entramos en el piso de puntillas, aunque no hubiese nadie que pudiera oírnos. Venga, nos
apremió Betu abriéndonos la puerta del balcón, tirarlo
ya y vámonos. Nos apiñamos junto a la baranda y echamos un vistazo a la calle. Joder, susurró Jorge, no me
gustaría ser el puto gato. Ni a mí, dije, y los dos nos echamos a reír. Tiny estiró los brazos y pasó el animal por
encima de la baranda. Suéltalo ya, Ore, dijo Jorge. Tiny
abrió las manos y el gato desapareció entre ellas. Tardó
algo más de dos segundos en chocar contra el suelo. Lo
hizo de nuevo con las cuatro patas, pero en aquella ocasión no salió corriendo, sino que se quedó aplastado
contra la acera. Hostia, murmuré. Lo habéis matado, dijo
Betu, si mi padre se entera de esto no salgo de casa en una
semana. Bajamos a la calle a toda velocidad, no sé si con-
mocionados o excitados por la muerte del animal, y al
salir del edificio nos encontramos con que el gato había
desaparecido, no había rastro de él por la acera ni bajo los
coches aparcados. Aquí hay un poco de sangre, dijo Betu

señalando unas gotas rojo oscuro, justo en el lugar donde se había producido la caída. Joder, qué pasada, murmuró Albert. Nos echamos a reír y estuvimos un rato buscando al animal por la calle y el solar vacío, pero no apareció. Lo verdaderamente emocionante de todo aquello, y quizá también lo más estúpido, me di cuenta años después, no tenía nada que ver con el gato, sino con el hecho de haber quebrantado las normas. Teníamos tendencia a buscar el límite de la desobediencia, a rozar casi el delito, como cuando íbamos a robar adhesivos a El Corte Inglés o entrábamos de noche en las obras a romper cosas. A partir de ese día, sin embargo, y sin necesidad de formulárnoslo en voz alta, ya no capturamos más gatos ni quemamos más lagartijas ni arrastramos más moscas y hormigas a feroces combates a muerte. Inconscientemente, entendimos que habíamos ido demasiado lejos, que si las moscas nos habían llevado de manera natural a las lagartijas y las lagartijas a los gatos, nadie podía imaginar lo que podía venir después de los gatos. La Navidad y el frío pusieron fin a esos experimentos y yo me forcé a dejar de mirar moscas en clase, lo que de todos modos no me permitió mejorar ni los comentarios de texto ni las ecuaciones ni las conjugaciones. Segunda evaluación: cinco *insuficientes*, cuatro *suficientes* y un *bien*; el *bien* recaía siempre en Educación Física. Entregar las notas en casa para que mi padre las firmara me suponía un calvario y yo lo retrasaba cuanto podía, normalmente hasta que el tutor nos advertía por segunda o tercera vez de que faltaban algunos boletines por devolver. Aquel mes de enero, sin embargo, lo peor no fue entregar las malas notas en casa y soportar las regañinas y el *no serás nada en la vida si continúas así con las moscas*, sino la mañana en que, durante el recreo, mientras Jorge, Tiny,

Betu y yo nos jugábamos nuestras canicas en la tierra del patio, aparecieron de repente Altagracia y Miserachs arrastrando a Pancho Luna de la chaqueta. Al verlos sentí un miedo atroz, una debilidad en las rodillas. Miserachs agarró a Tiny del brazo y lo acercó de un tirón a Pancho Luna. ¿Es este tío?, le preguntó a Pancho Luna. Pancho Luna lloraba y tenía la cara sucia. ¡Contesta, mierdecilla!, insistió Miserachs, ¿es éste el que te dijo que nos estábamos haciendo una paja en la riera? Pancho Luna se frotó los ojos sin dejar de llorar y asintió con la cabeza. Miserachs lo tiró al suelo como si arrojara un montón de ropa sucia a un barreño y Altagracia dio dos pasos hacia Tiny. Metiéndome por instinto las canicas en los bolsillos, tragando saliva, noté la llegada de la camiseta Iron Maiden y la chaqueta tejana, el tintineo de las llaves sujetas al cinturón. Betu y Jorge se habían quedado blancos. Altagracia cogió a Tiny como si se tratara de una marioneta. Tiny se encogió y alzó los brazos para protegerse. Altagracia sonrió: Así que tú eres el niñato cabrón que me tiró la linterna a la cara, ¿no? Al decirlo se señaló la frente y vi que, de la cicatriz, apenas le quedaba ya un esbozo, un recuerdo brumoso, pero resultaba evidente que el linternazo seguía bien fresco en su memoria, porque, al comprender que había descubierto a su agresor, se le iluminaron los ojos de un modo salvaje. Pues mira qué bien, añadió. Betu comenzó a pellizcarse la entrepierna y supe que nuestra peor pesadilla se había hecho realidad. ¿Y vosotros quiénes sois?, nos preguntó Miserachs propinándole un golpe a Jorge en el brazo, que en el acto se revolvió para plantarle cara. Miserachs rió burlonamente. Huy, dijo, si se rebota y todo, la nenaza. Yo basé todas mis esperanzas de salir ilesos en el timbre que pondría fin al recreo, ese timbre zumbón que odiábamos y que en aquel momento hubiera sido el sonido más maravilloso de nuestras vidas. ¿Sois los que estabais con él en la riera?, insistió Miserachs mirándonos. El timbre, pensé, por favor, que suene el timbre. No te importa, respondió Jorge. Miserachs le arreó otro golpe en el brazo: ¿Quieres que te parta la cara por bocazas? Se me pasó por la cabeza la posibilidad de salvarme jurando que yo no había estado en esa riera, pero mantuve la boca cerrada porque eran unos chulos y tampoco me había gustado cómo habían empujado a Tiny y a Jorge. De repente, Betu echó a correr y se perdió entre la multitud de alumnos que se movía por el patio. ¡Ya sabemos quién eres, rubito!, le gritó Miserachs, ¡por mucho que corras no te va a servir de nada! Seguí a Betu con la mirada y, al cabo de unos segundos, comprendí que se había ido en busca del padre Julio, quien se hallaba junto a una de las canastas de la pista de baloncesto. Altagracia seguía zarandeando a Tiny de un lado a otro. ¡Yo no he hecho nada!, se defendía Tiny. De reojo, vi cómo Betu hablaba con el padre Julio y señalaba hacia nosotros. ¿Que no has hecho nada?, gritaba Altagracia, ¡me abriste la frente, cabrón! Miserachs chutó las canicas que aún quedaban en el suelo. ¡Adiós, canicas!, exclamó mientras las pateaba y sus botas levantaban nubecillas de polvo del suelo, ¡adiós a todas! Ni Jorge ni Tiny se atrevieron a decir nada y aún menos a recogerlas. El padre Julio, anuncié. Miserachs y Altagracia se volvieron asustados y comprobaron, para su desdicha, cómo el padre Julio, con el ceño fruncido y a grandes zancadas, se aproximaba a nosotros. Era el padre más enrollado de todos, con sus jerséis de lana y sus tejanos, el padre que antes de castigarte o darte un pescozón hablaba contigo para descubrir si realmente merecías el castigo, el padre, y el profesor, más respetado por los mil doscientos alumnos del colegio y que al cabo de los años terminaría renunciando a los hábitos y casándose con una alumna de COU. Altagracia, con un acceso de rabia, soltó a Tiny en el acto y masculló: Ahora ya te he encontrado, niñato, no te creas que esto va a terminar aquí. Sin perder un segundo de tiempo, él y Miserachs se alejaron a toda prisa. Hoy sigo avergonzándome del modo en que por la tarde salí corriendo del colegio para no coincidir, como cada día, con Jorge, Betu y sobre todo con Tiny. Me dije: si lo esperan a la salida y voy con él, me zurrarán a mí también. Cuando pienso en Tiny, pienso en lo solo que lo dejé aquella tarde, en lo solo que lo dejamos todos, porque tampoco Jorge ni Betu, lo supe después, se quedaron a hacerle compañía. Nadie hubiese dejado solo a Albert, ni a Jorge, ni a mí probablemente, pero Tiny no importaba, Tiny recibía palizas todos los días y se reía mientras se le amorataba la espalda o la cara, Tiny nunca se quejaba de nada. Tampoco en nuestras cenas hablamos de esa tarde en la que nos comportamos como seres despreciables y no como los amigos que siempre nos gustaba decir que fuimos, esos amigos maravillosos y estupendos, irreemplazables, que sin embargo no dudaron en dejar a Tiny abandonado a su suerte en una de las pocas ocasiones en que nos necesitó de verdad. Era algo que ni siquiera le había contado a Vanesa, no había encontrado la forma ni el momento oportunos. No sabría cómo contarle que en cuanto sonó el timbre abandoné el aula velozmente, sin mirar atrás, temiendo tropezar con Tiny en los pasillos y verme obligado a abandonar el edificio con él. Para ir a casa elegí una ruta distinta de la habitual y no miré ninguna de las caras que se cruzaron conmigo para no encontrarme con nadie, quería llegar lo antes posible a casa y encerrarme en la habitación hasta la hora de la cena. Esto es lo que tendrías que hacer cada día, me dijo mi madre, quedarte en casa y no en la calle haciendo vete a saber qué. No dije nada. Imposible quitarme de la cabeza que había traicionado a Tiny. Me sentí cobarde, ruin, desleal. Al día siguiente no supe qué cara poner para saludarle. Cada mañana nos encontrábamos los cuatro en el portal de mi edificio para irnos juntos al colegio. A veces coincidíamos con Albert, que sólo podía acompañarnos un trecho porque iba a estudiar al otro extremo del pueblo. Aquella mañana, cuando salí a la calle, ya estaban Jorge, Betu y Tiny esperándome. Tardón, dijo Jorge dándome un codazo. Nadie hizo ningún comentario, y Tiny iba extrañamente silencioso y cabizbajo. Jorge se colocó a mi lado y me dijo: Voy a contarte una novela que se titula *El cartero siempre llama dos veces*. Y mientras realizábamos el recorrido hasta el Virgen de la Salud, veinte minutos a paso normal, se lanzó a contarme cómo un hombre y una mujer planean matar al marido de ella para ser felices juntos y cómo luego la policía los persigue y los interroga y acaban no sé cómo. Yo lo escuchaba pero iba preguntándome qué debió de sucederle a Tiny la tarde anterior con Altagracia para que ahora caminara con la vista clavada en el suelo sin decir ni una palabra; Tiny desconocía lo que significaba caminar cabizbajo y en silencio, no estaba en su manual de comportamiento. Miré a Betu, también muy silencioso y también muy cabizbajo, y me pregunté si él tendría alguna información al respecto. Sólo Jorge seguía hablando y desgranando *El cartero siempre llama dos veces*, narrando al detalle una escena de sexo sobre una mesa de cocina, el asesinato, los juicios. De repente me preguntó: ¿Tú crees en el crimen perfecto? No supe qué contestarle. Poco antes de entrar

en el colegio, y sin rodeos, le ordenó a Tiny: Enséñales
la espalda, Ore. Tiny negó con la cabeza y prosiguió su
camino, pero Jorge lo agarró de la chaqueta y él mismo
le quitó la cartera de la espalda y le arremolinó toda la
ropa sobre los omoplatos. Mirad, dijo. Miramos: era una
cruz invertida de unos cinco centímetros, dibujada entre las cicatrices de nuestros latigazos. Se la hicieron ayer
por la tarde, informó Jorge como si no fuese algo obvio,
como si no supiéramos que nosotros nos habíamos libra-
do de tener una igual porque habíamos salido corriendo
como ratas. Tiny se zafó de su hermano de un tirón y
atravesó el patio de la escuela sin nosotros. Según nos dijo
Jorge a continuación, Tiny no había querido contar a sus
padres lo ocurrido porque Altagracia lo había amenazado
con grabarle otra cruz si se iba de la lengua; lo único que
había hecho al llegar a casa por la tarde fue encerrarse en
el baño y curarse él mismo los cortes con agua oxigenada.
Fue una semana horrible. Hasta que no llegó el viernes estuvimos todos temiendo que Altagracia nos esperara uno
por uno al terminar las clases para continuar su venganza personal. Yo comencé a sentir la necesidad de estar al
lado de Tiny, contarle cosas divertidas, buscarlo en los recreos para que formara parte de mi equipo de fútbol o in-
vitarlo a merendar a mi casa después del colegio; por
primera vez le hice más caso a él que a los demás. También a Jorge le pasaron factura aquellos días, y para aliviar
la tensión no se le ocurrió otra cosa que arrearle un par de
bofetadas a Pancho Luna por chivato. Le dijo: Si me hacen una cruz a mí también, te mato. La llegada del fin de
semana me produjo un alivio inmenso, nos lo produjo a
todos, durante dos días podríamos olvidarnos de cruces
en la espalda. El sábado era nuestro día favorito, resultaba perfecto para explotar nuestros excesos: permanecía-

mos en la calle desde las once de la mañana hasta las
nueve o las diez de la noche. Al terminar el día llevábamos la huella de las aceras en los pantalones, en las manos sucias, y en casa nos echaban en cara lo callejeros que
éramos. Para mí el sábado comenzaba yendo a comprar
el pan por la mañana: iba temprano a la panadería Plana
a por dos barras de medio, desayunaba un bocadillo de
Nocilla o de aceite con azúcar y chocolate y, al terminar,
ayudaba a mi madre a hacer las camas o a quitar el polvo de los muebles. Uno o dos sábados al mes acompañaba también a mi padre a la gasolinera a llenar el depósito del Renault 12 y después él me dejaba conducir un rato
por el polígono industrial de Sant Just. Apenas llegaba a
los pedales y a ver la carretera al mismo tiempo, pero mi
padre me colocaba un cojín en el asiento y el asunto me-
joraba. Me enseñaba a tomar las curvas, a acercarme a los
bordillos sin tocarlos, a aparcar en fila y en batería. Con
el Seat 124 y el Simca 1000, los dos coches que había tenido antes del Renault 12, yo debía conformarme con
ir sentado sobre sus rodillas y manejar el volante mientras él se encargaba de los pedales y del cambio de velo-
cidades, ahora todo dependía de mí y era fantástico y a
la vez emocionante ser capaz de hacer todo aquello yo
solo. Sobre las once y media bajaba por fin a la calle y me
iba a buscar a Jorge, que era el único de todos nosotros
que no tenía ningún tipo de obligaciones y solía aprove-
char las mañanas de los sábados para zambullirse en alguna de las novelas que su padre había elegido del catálogo de Círculo de Lectores. Los demás no aparecían hasta
más tarde: Betu iba a sus clases de guitarra de diez a doce,
Albert ayudaba a su padre en el garaje hasta las doce o
la una y Tiny tenía sus clases de repaso de diez y media
a doce y media. Aquel sábado, tres días después de que

Tiny sufriese el ataque de Altagracia, Jorge me abrió la puerta de su casa con los ojos como platos y mostrándome, a través de una amplia sonrisa, sus enormes y perfectos dientes blancos. Supuse que estaba solo en casa porque él nunca se levantaba a abrir la puerta si había alguien que pudiese hacerlo. ¿Estás solo?, le pregunté; a aquella edad nos parecía una bendición quedarnos solos en casa, poder hacer lo que nos apeteciera. Mis padres se han ido al Sepu a comprar unas cortinas, me contestó cogiendo las llaves y empujándome hacia la calle. Mientras nos sentábamos en la acera me dijo: Mi padre ha pedido un libro de la hostia, se titula *Extraños en un tren* y va de dos tíos que pactan matar cada uno a la persona que le hace la vida imposible al otro. Resultaba inaudito que Jorge no hubiese terminado siendo escritor o profesor de literatura o director de cine. Me pregunté infinidad de veces por qué había terminado en Zaragoza trabajando de jefe de mantenimiento en una cadena de supermercados, todo el día entre fluorescentes fundidos, estantes torcidos y sistemas eléctricos averiados, cuando poseía ese talento natural de narrador que tanto explotó de niño. La última vez que nos reunimos los cuatro, quizá siete u ocho meses antes de que yo bajara con la brigada a la riera de la carretera 340, le pregunté si seguía leyendo tanto como antes. Me contestó que sí, aunque eso de casarse y trabajar tantas horas le había arrebatado mucho tiempo libre. Ahora estoy leyendo a los rusos, me dijo. Había descubierto a Dostoievski, a Tolstói, a Chéjov, y aseguraba estar fascinado por los nombres de los personajes de sus libros, casi imposibles de memorizar; me habló con pasión de *Crimen y castigo*, de la culpa devastadora que sufre un hombre corriente que se convierte de repente en un asesino. Yo creo, añadió, que cuando matas a alguien, ese alguien te persigue toda la vida. Sacó de nuevo el tema del crimen perfecto que la historia de *El cartero siempre llama dos veces* le había metido en la cabeza años atrás y monopolizó la conversación durante la cena, que inevitablemente terminó con la colisión entre su punto de vista y el de Betu. El crimen perfecto no existe, dijo Betu, a lo mejor antes sí, pero hoy en día la policía te puede descubrir por una escama de piel. Basta con evitar que se te desprenda esa escama, replicó Jorge con su lógica aplastante. No puedes evitar que se te desprenda una escama de piel, insistió Betu. Por supuesto que sí, sonrió Jorge, todo tiene un reverso: la noche y el día, el bien y el mal, la vida y la muerte, el desprendimiento de una escama de piel y el no desprendimiento. No digas tonterías, sonrió Betu. No son tonterías, respondió Jorge, si alguien construye una alarma, por ejemplo, otro sabrá desconstruirla invirtiendo los pasos. Estamos hablando de escamas de piel microscópicas, tío, dijo Betu, no de puñeteras alarmas. Ambos lograron enturbiar la velada a base de convertirnos a los cuatro en el espectáculo del restaurante. Y es que Jorge, desde que regresó del servicio militar, ya no fue el mismo, se le agrió el carácter, se le violentó, y ello lo fue alejando progresivamente de nosotros. Sus esporádicas visitas a Sant Feliu nos incomodaban, nos aliviaba tenerlo lejos y no verlo más a menudo. Betu, Albert y yo lamentamos el giro de ciento ochenta grados que provocó en él la muerte de Tiny, los problemas que tuvo en el colegio, en la mili, las peleas absurdas en discotecas y bares. Sentimiento de culpa, decíamos, y la verdad era que motivos para sentir sobre su conciencia la muerte de su hermano no le faltaban. Aquel sábado, sin ir más lejos, cuando Tiny vino de su clase de repaso y se sentó junto a nosotros, Jorge le dijo:

Esos calcetines que llevas son míos, Orejón. Tiny se miró los calcetines y se encogió de hombros: Estaban en mi cajón. Jorge no se rindió: Da igual dónde estuviesen, son míos. Betu y yo nos dedicamos una mirada de alarma, llevábamos más de media hora escuchando los planes criminales de los dos tipos de *Extraños en un tren* y enseguida comprendimos que Jorge acababa de abandonar súbitamente la ficción para entrar en su realidad más cruda, la que yo denominaba su parte míster Hyde. Sube a cambiártelos, le ordenó a su hermano. Luego me los quitaré, sonrió Tiny adivinando, como nosotros, que Jorge estaba a punto de perder los estribos. Que subas. Estaban en mi cajón. Que subas ahora, Ore. Ya me los quitaré después de comer. ¡Ahora, Orejón! ¡Después! ¡AHORA! Los labios se le habían reducido a Jorge a una ranura de odio y sus ojos lanzaban fogonazos. Iba a zurrar a Tiny, no había ninguna duda. Tiny lo sabía, pero lejos de amilanarse, se dedicó a irritarlo con su risa provocadora y burlona, un gesto habitual en él que enloquecía a Jorge. ¡Sube a casa, O, sube ahora mismo o te mato! Se puso en pie y se acercó a Tiny, lo agarró de la chaqueta, quiso levantarlo, pero no pudo. Déjame, se defendió Tiny riéndose, déjame, hermanito lindo, déjame. Jorge le arreó una patada en el muslo. Tiny dio un grito y su risa se convirtió en una carcajada. Jorge lo pateó de nuevo, esta vez con más fuerza. ¡Más!, exclamó Tiny, ¡pégame más! Se reía tan abiertamente que por la comisura de sus labios comenzaron a resbalarle hilillos de saliva. Fuera de sí por completo, Jorge lo levantó con furia del suelo y lo empujó hacia casa. ¡Que subas a quitarte mis calcetines ahora mismo!, le gritó descargando un puño contra su hombro. Tiny se quejó, pero no se le quebró la risa ni tampoco los comentarios sarcásticos: ¡Si fueran tus cal-

cetines apestarían a perro muerto! Jorge le hizo cruzar
la calle a base de empujones y patadas. Betu y yo, acostumbrados a este tipo de escenas, nos reímos una vez más
de la rabia descontrolada de Jorge y de las tonterías de
Tiny, en ningún caso se nos pasó por la cabeza interve-
nir: era el regreso a la rutina. Ya no importaba que Tiny
llevara una cruz invertida en la espalda. Nada había cambiado. Mientras Jorge lo sometía a sus golpes camino de
casa para que se cambiara los dichosos calcetines, Albert,
alertado por el alboroto, salió de su garaje y, sucio de
grasa, preguntó qué sucedía. Lo de siempre, contesté,
Jorge recordándole al Ore quién es el hermano mayor.
Albert, que desde que se había enterado de lo que Altagracia, Miserachs y Sebastián Coto le habían hecho a
Tiny se mostraba muy pensativo, movió la cabeza y me
extrañó que ni tan siquiera sonriese. El dormitorio que
compartían Jorge y Tiny en la planta baja de la casa daba
a la calle, así que, a través de la ventana abierta, oímos
nítidamente los improperios de Jorge y los gritos y carcajadas de Tiny. De repente nos alcanzó un ruido seco,
como si alguno de los dos hubiese golpeado o volcado un
mueble. Y a continuación la voz de Tiny: ¡Que me de-
jes! Y después la de Jorge, fuera de sí: ¡Te voy a matar,
Orejón de mierda! En cuestión de segundos disminuye-
ron sus amenazas y aumentaron los sonidos a madera
rota, a choque de hierros. Albert tuvo que regresar al
garaje porque su padre lo estaba llamando a grito pela-
do desde debajo de algún coche, y en ese momento sucedió algo que no había sucedido jamás en ninguno de
los enfrentamientos entre los hermanos SanGabriel: Tiny
había dejado de reír. Betu y yo nos miramos y echamos
a correr hacia la casa, hacia el dormitorio donde Jorge y
Tiny parecían haber llevado demasiado lejos la tontería

de los calcetines. Ahora que vuelvo a pensar en ello, creo que fui al rescate de Tiny por una cuestión de remordimientos, supongo que no se me ocurrió otro modo de compensar la traición de haberlo dejado solo frente a las navajas de Altagracia, Miserachs y Sebastián Coto. Al irrumpir en la habitación, Betu y yo nos encontramos con una imagen que, durante un instante, nos paralizó. Jorge se hallaba encima de la cama, gritando: ¡Te mato, Ore de mierda, te mato! Levantaba una silla por encima de la cabeza y estaba a punto de arrojarla contra su hermano, que yacía en el suelo, boca arriba, aún con los calcetines, cubriéndose la cara con los brazos. ¡Te matooo, Oreee!, vociferaba Jorge. A contraluz se le veía un halo alrededor de la cabeza, algo muy deslumbrante, como una de esas imágenes tremendistas de las biblias ilustradas. Quería aplastar a su hermano, saltar sobre él con las cuatro patas de la silla por delante, quería matarlo de verdad. Lo que más me asustó no fue la escena en sí, sino pensar aquello: quiere matarlo de verdad. Di un salto, agarré a Jorge del jersey y lo empujé sobre la cama. ¡Déjame!, rugió. Su halo había desaparecido, sus ojos enrojecidos me buscaban sin encontrarme apenas y las venas del cuello le palpitaban con fuerza. ¡Lárgate, O!, grité, mientras Betu y yo sujetábamos a Jorge, que se agitaba como un poseso y seguía chillando que le soltáramos, que nos mataría a nosotros también. Tiny obedeció y se marchó. Siempre que me viene a la memoria este episodio no siento orgullo ni satisfacción, tan sólo pienso: ojalá hubiese podido estar con él la tarde que lo mataron. Aquel mismo sábado por la tarde, sentados los cinco en la calle y olvidado ya el percance, Albert rompió su mutismo y, como si llevara horas deseando pronunciar aquellas palabras, dijo: Vayamos a los desagües a destrozarles su cuartel secreto. Se produjo un silencio cómplice, uno de esos momentos de película que Jorge creaba cuando te contaba alguna novela, y a continuación una respuesta unánime e inmediata. El más efusivo fue Jorge, lo bastante paradójico para querer matar a su hermano por unos calcetines y tres horas después arder en deseos de vengarle. ¡Vayamos a joderles!, sonrió con cara de doctor Jekyll convirtiéndose ya en míster Hyde, ¡vayamos a quemarles toda la mierda que tengan allí! Betu abrió la boca pero no emitió sonido alguno. Regresar al entramado de desagües de la carretera 340 era el único modo auténticamente heroico de devolverle a los bestias de Altagracia y los suyos la canallada de la cruz invertida. Las protestas estaban fuera de lugar.

Me detuve frente al túnel, ahora tapiado, en cuyo extremo y después de una bifurcación se debía de encontrar todavía lo que fue la madriguera de Altagracia, Miserachs y Sebastián Coto y que los Játac visitamos aquel sábado por la tarde en busca de venganza. Tuve la tentación de empezar el derribo por allí, a pesar de que sabía perfectamente que no era lo más prudente, que, según los cálculos de los técnicos, se había diseñado un plan de derribo desde el centro hacia los extremos para no correr el riesgo de debilitar en exceso la estructura. A aquella pared le correspondía el número nueve en el orden de derrocamiento, ni uno más ni uno menos. Saqué una tiza del bolsillo del mono, tracé un círculo en los ladrillos y en su interior anoté un nueve.

—Sigamos —dije reanudando la marcha.

Llevaba un pico en la mano y me seguían Fernández y tres hombres más. Nos habíamos visto obligados a caminar ligeramente encorvados para evitar la curvatura del techo. Quien peor lo estaba pasando era Fernández, el más corpulento de todos, que se movía como un conejo atrapado en una caja de zapatos. Pensé en la posibilidad de evitarle el mal trago escogiendo a otro hombre, pero necesitaba su fuerza. Con tan poco espacio, si no disponías de los brazos apropiados, no resultaba fácil echar paredes abajo a golpes de mazo.

Al cabo de un minuto llegamos al túnel cerrado que en mil novecientos ochenta y uno puso fin a la gloria que nos aguardaba en las entrevistas que iban a dedicarnos al alcanzar la playa. Me sequé el sudor de la frente y me di cuenta de que volvíamos a ser cinco quienes nos abríamos paso entre jadeos y maldiciones a través de la penumbra, cinco hombres cargados de herramientas que parecíamos actores llamados a representar la versión adulta de aquellos cinco niños que pasaron por allí mucho tiempo atrás, actores perseguidos por el rótulo *Veintidós años después* estampado en la pantalla. El tiempo estaba efectuando una pirueta, me había arrebatado veinte años con la naturalidad con que la noche da paso a un nuevo día.

Me apoyé en la pared de ladrillos y, efectivamente, sentí como si sólo hubieran transcurrido unos minutos desde que Albert anunciase que teníamos que dar media vuelta, que la excursión había terminado. Saqué la tiza de nuevo, dibujé el círculo y en su interior escribí un uno.

—Venga, Fernández —dije—. Empecemos de una vez.

Le dejamos espacio. Agarró con fuerza el mazo, echó los brazos atrás y descargó el primer golpe. Saltaron astillas de ladrillo y cemento y el eco del mazazo rebotó contra las bóvedas de los túneles. Descargó el segundo, el tercero.

—Manda cojones —gruñó, y escupió polvo—. Po-

dían haber levantado las putas paredes en el comedor de
su casa.

Lanzó otra vez el mazo contra los ladrillos y se abrió
un pequeño agujero. Me senté un momento en el suelo
para aliviar la columna vertebral y eché un vistazo a la
negrura del otro extremo del corredor, al final del cual se
hallaba la pared que yo había numerado con el nueve y
que cerraba el paso al túnel que utilizamos los Játac en
nuestra segunda incursión en los desagües.

¡Abran paso!, gritaba Tiny aquella tarde camino de
la riera, eufórico con la idea de aplicar la ley del Talión
en su propio honor, ¡abran paso a los Játac en misión
especial! Fue el único que dijo sus chorradas habituales,
el único capaz de permanecer tranquilo mientras los
demás íbamos serios y sin ganas de decir nada. Ni siquiera nos molestamos en conseguir bolsas Mirsa para pro-
tegernos las zapatillas deportivas y sólo yo encontré una
linterna lo bastante decente para que nos resultase útil.
No llevamos a cabo ningún tipo de ceremonia estilo *Los
hombres de Harrelson* porque no se trataba de ninguna
aventura para pasar el rato. Conscientes de que aquella
osadía podía ser nuestra perdición definitiva, nos limi-
tamos a seguir a Albert en silencio hasta la riera. Al si-
tuarnos frente a la boca negra abierta en el muro, consulté
mi reloj Casio digital: las cinco menos diez. Dentro de
media hora será casi de noche, informé, mejor que nos
demos prisa. Bueno, Orejón, dijo Albert, tú dirás. Tiny
me pidió la linterna y, con decisión, trepó al agujero de
entrada. Es fácil, sonrió, Pancho Luna me lo explicó con
pelos y señales. Ese gilipollas, dijo Jorge. Antes de entrar,
Albert nos lanzó una mirada cauta: Pueden estar dentro,
así que no habléis en voz alta ni hagáis ninguna tontería.
Asentimos. Alguien tendría que quedarse aquí montando

guardia, añadió. Nadie se ofreció. ¿Betu?, sugirió Albert. De acuerdo, respondió Betu. No creo que le entusiasmara la idea de quedarse allí solo, pero no rechistó. Nos despedimos de él y, con Tiny a la cabeza, algo inédito, y Jorge otra vez último, nos introdujimos en la oscuridad. No tardéis, dijo Betu cuando ya alcanzábamos el primer recodo. ¡No te equivoques, Ore!, exclamó Jorge, ¡si te equivocas te vas a enterar! Nos envolvió un frío húmedo y entumecedor que me recordó las tardes invernales de lluvia al salir del colegio, cuando llegabas empapado a casa a pesar del paraguas y de las botas de agua, cuando todo estaba mojado y caían goterones de los balcones y las cornisas, los coches te salpicaban, el barro de algunas calles te trepaba por los calcetines y lo único que deseabas era llegar a casa y que tu madre te secara con una toalla y te preparase después un vaso de leche caliente con Cola Cao. Qué frío, dije encogiéndome dentro de la cazadora. Alcanzamos el primer desvío. La otra vez giramos por aquí, murmuró Albert. Ahora tenemos que seguir recto, susurró Tiny enfocando con la linterna el nuevo corredor. Caí en la cuenta de que no habíamos previsto ninguna estrategia para el caso de que Altagracia y los suyos estuviesen allí, tampoco para la posibilidad de que llegaran a la riera en aquel preciso instante; a nadie se le había ocurrido diseñar un plan de fuga, ni siquiera a Albert. El techo del túnel comenzó a subir, dejamos de notarlo a un palmo de la cabeza para tenerlo a casi un metro de distancia. Que el espacio se ensanchara produjo en mí un desahogo parecido al que sentías cuando llevabas media hora dándole vueltas al patio del colegio y el profesor de Educación Física gritaba: ¡Ya podéis parar! Menos mal que esto parece más grande, murmuré, pegado a Albert. Según Tiny, Pancho Luna le había asegurado que aquel túnel no era muy largo y que pronto nos encontraríamos con una bifurcación en la que deberíamos tomar la derecha. Eché un vistazo por encima del hombro y más allá de Jorge, a lo lejos, a una distancia imposible de recorrer sin linterna, se perdía ya de vista la luz del exterior. Pensé en Betu, allí solo en la boca de entrada, allí solo vigilando no sólo la baranda de protección de la riera, a cinco o seis metros de altura, por si se asomaban de repente las caras de Altagracia, Miserachs y Sebastián Coto, sino también el camino de hierbajos y escombros que venía de Sant Just y que, sin duda, tomarían los tres si decidían pasar la tarde en su madriguera. Tiny caminaba con decisión, con la linterna firmemente sujeta, en busca de esa bifurcación que le había descrito Pancho Luna. Allí está, musitó. En efecto, a unos veinte metros, el túnel se dividía en dos de nuevo. Albert lo agarró de la chaqueta para que se detuviera y se volvió hacia mí y Jorge. Está bien, dijo, si el tal Luna no se equivoca estamos muy cerca, así que a partir de ahora ni una palabra, ¿vale? Asentimos y añadió: Si les oímos, si están aquí, damos media vuelta y nos vamos sin armar ruido ni perder el control, ¿lo has oído, Ore? Tiny dijo que sí con la cabeza y repitió: Sin armar ruido ni perder el control. Exacto, dijo Albert mirándolo a los ojos, venga, adelante, le ordenó con un gesto. Seguimos avanzando hacia la bifurcación y, al llegar a ella, supimos, por las explicaciones previas de Pancho Luna, que nos hallábamos a menos de diez o quince metros del cuartel secreto de aquellos tres descerebrados. Albert le pidió entonces la linterna a Tiny y se colocó a la cabeza del grupo. Tomamos el túnel de la derecha y nos detuvimos a escuchar. Nos llegaba un goteo de agua lejano, un rumor de motores, quizá de coches o de la maquinaria que trabajaba en el polígono industrial que teníamos sobre nuestras cabezas. Ninguna voz, ninguna risa. Albert reanudó la marcha imprimiéndole un ritmo más lento, más prudente. Pancho Luna había dicho que la guarida de Altagracia era un agujero a la izquierda del túnel, un gran agujero con una escalera de hierro para bajar hasta él. A una distancia de ocho o nueve pasos, y en efecto a la izquierda, vimos asomar del suelo el extremo de una de esas escaleras de mano. Albert se detuvo de nuevo. Silencio. Imaginé la voz de Altagracia tronando de repente detrás de nosotros, ¿qué coño hacéis aquí? Volví la cabeza. Los dientes de Jorge refulgían en la penumbra, su sonrisa no me tranquilizó. Para él aquello era como una novela, una historia de cinco chicos que van a cometer el crimen perfecto titulada *Extraños en un desagüe* o algo así. Dimos unos cuantos pasos más y descubrimos el vacío que se abría a nuestra izquierda, los primeros travesaños de aquella escalera de hierro. Con toda la prudencia de que fue capaz, Albert arrimó la espalda a la pared, se arrodilló en el suelo frío y asomó la cabeza sobre el agujero. Permaneció unos segundos observando y nosotros esperando. A nadie se le ocurrió cometer ninguna estupidez, ni a Tiny. Albert se volvió hacia nosotros y dijo: No hay nadie. Sin confiarnos en exceso, nos apiñamos los cuatro en el borde del agujero y miramos hacia abajo. Se trataba de un pozo cuadrado del tamaño de mi habitación, hundido a unos cuatro o cinco metros de profundidad. Con la linterna fuimos descubriendo que había un colchón en una esquina, cojines, mantas, incluso una vieja mesilla de café y tres sillas. Sobre la mesilla distinguimos un montón de papeles y revistas, botellas vacías y latas de cerveza y Coca-cola sin abrir. Tiny se acercó a la escalera, la tanteó, no parecía muy segura. Voy a bajar, dijo. Descender a aquel agujero llevaba consigo complicar un poco más la situación, pero era una tentación irresistible. Mientras Tiny se deslizaba lentamente por la escalera y llegaba abajo con una sonrisa, los demás nos dispusimos a imitarlo. Bajó Albert, luego Jorge y, por último, yo. La escalera estaba suelta y no parecía muy segura. Una vez abajo, empezamos a reír sin saber exactamente qué hacer. La verdad es que era un lugar magnífico como cuartel secreto, el suelo incluso permanecía seco. De repente, Albert dijo: aquí hay un interruptor. Lo accionó. Se trataba de una bombilla adosada a la pared y cubierta con una rejilla, emitía una luz mortecina que nos fue revelando los contornos del agujero. Había fotos desplegables de mujeres desnudas pegadas a las paredes con cinta adhesiva, un póster de Iron Maiden con un esqueleto melenudo empuñando un hacha ensangrentada. Se parece al cabrón de Altagracia, dijo Jorge. Tiny se aplastó contra la cara una de aquellas revistas pornográficas y comenzó a besar y a lamer pechos, coños y bocas, a frotarse la entrepierna diciéndole a aquellas caras provocadoras: ¡Así, así, chúpamela más, más, más! Nos pusimos a reír como locos. Hazte una paja, Orejón, le dijo Albert, venga, a que no tienes huevos. Tiny dejó la revista sobre la mesilla y se bajó la cremallera de los tejanos. Los demás nos tumbamos sobre el colchón a contemplar cómo Tiny se la meneaba sobre la revista y les decía obscenidades a las chicas que lo miraban desde el papel a todo color: ¡Venid aquí, venid todas aquí que os la voy a meter hasta el fondo! La saliva le resbalaba por la comisura de los labios. Me acerqué a las latas de Coca-cola y las repartí. Bebimos. No podemos quedarnos mucho rato, recordé. Descubrimos un radiocasete debajo de una manta sucia. Lo cogí y apreté el *play*. Surgió una música insoportable, un grupo heavy metal, quizás Iron Maiden o tal vez Judas Priest o AC/DC. Y entonces se me ocurrió, la idea estalló en mi cabeza: con toda la fuerza de que fui capaz, lancé el radiocasete contra la pared. Supongo que Jorge lo hubiese denominado mi parte míster Hyde. ¡Hostia!, exclamó Albert, y me pareció que se atragantaba con la Coca-cola. Fue un momento mágico. Recogí el radiocasete del suelo, se había roto la portezuela y la cinta había saltado por los aires, se habían desmontado también dos o tres botones. Pensando en mi madre diciéndole a sus amigas que yo no rompía nada, que conservaba juguetes de cuando tenía cinco años, lo cual era cierto, arrojé de nuevo el radiocasete contra una de las mujeres desnudas de la pared, una rubia que recibió el impacto entre los pechos y que se quedó sin uno de los pezones; al aparato se le desarmó la tapa de las pilas y éstas rodaron por el suelo. Fue el detonante para que Albert, Jorge y Tiny recordasen de pronto por qué razón estábamos allí. Tiny empezó entonces a romper en mil pedazos las revistas y una baraja de cartas de póquer, Albert pateó las botellas vacías que dejaron una estela de vidrios a nuestro alrededor y Jorge vació por el suelo las latas de cerveza y Coca-cola que quedaban llenas y después arrancó todos los pósters de la pared. ¡Mirad, mirad!, dijo Tiny en medio del alboroto. Lo que vimos a continuación nos hizo estallar en carcajadas. Tiny se había bajado los pantalones y se había acuclillado sobre el colchón. Voy a cagar, anunció con cara ya de esfuerzo y concentración. Al soltar el zurullo, se echó a reír y nos animó a dejar nuestra huella personal. A los tres nos entusiasmó la idea de dejarles un recuerdo a Altagracia y sus colegas, así que, de pie y partiéndonos de risa, orinamos sobre las mantas, la mesilla, las cintas de casetes y los ceniceros. Estábamos ejecutando

una venganza extraordinaria, había merecido la pena
arriesgarse. Tenemos que irnos, dijo Albert. Sin pérdida
de tiempo, eufóricos, apagamos la luz y trepamos por la
escalera de hierro, que se movía peligrosamente, y, con
Albert abriéndonos paso con la linterna, embocamos de
nuevo los túneles y fuimos a reunirnos con Betu, que al
vernos suspiró: Ya era hora. Satisfechos y ateridos de frío,
emprendimos el camino de regreso a casa; apenas quedaba luz en el cielo y el viento del atardecer soplaba entre
los hierbajos de la riera. Pusimos a Betu al corriente de
todo y llegamos a nuestra calle hartos de frío y viento,
con ganas de encerrarnos en algún sitio. Nos metimos en
el sótano del garaje de Albert y conectamos el Scalextric
para celebrar nuestra hazaña con unas cuantas carreras.
Sólo al cabo de un rato, conforme nos fuimos relajando,
se adueñó de nosotros una especie de fatalidad, un estado
de ánimo que Betu se encargó de verbalizar: Ahora sí que
nos la hemos ganado. Lo dijo mientras disputaba una
carrera a veinticinco vueltas contra Jorge, así que perdió
la concentración y su Porsche 950 salió volando por los
aires al entrar de forma incorrecta en una curva. Inesperadamente, abandonó la carrera y murmuró que se marchaba a casa, que sus padres le habían dicho que subie-
ra antes de las siete porque venían unos tíos suyos a cenar.
Años después me confesó que había mentido, que se fue
a casa porque le dolía la barriga de tanto tener el miedo
enroscado allí dentro y que se había acurrucado en el sofá
junto a su padre y la estufa y se había ido a dormir temprano. Yo también, después de la euforia de la venganza, había comenzado a sentirme mal mientras preparaba mi Lancia Stratos Le Point para competir, y supongo
que a los demás les sucedió más o menos lo mismo. No
sé si llegamos a arrepentirnos, pero sí comprendimos,

después de que Betu abandonara cabizbajo el garaje, que Altagracia, Miserachs y Sebastián Coto se volverían locos cuando encontraran aquel desaguisado y no tardarían ni un segundo en saber que habíamos sido nosotros. Nadie podía imaginar qué serían capaces de hacernos si, por un linternazo, ya le habían grabado a Tiny una cruz invertida en la espalda. Fue la mayor temeridad que cometimos los Játac y nunca superamos las consecuencias que tuvo.

Llegué a casa a las tres y media y me di una ducha fría. Mientras me secaba con la toalla recordé que Vanesa comía con su madre y además me había dicho que no la esperara para cenar. Mejor, pensé, dejándome llevar por esa conocida sensación de alivio que experimentaba últimamente cuando, por algún motivo, no coincidíamos los dos en casa. Me gustaba estar solo, no tropezar con ella al entrar o salir de una habitación, no tener que preguntarnos qué nos apetecía para comer o quién se encargaba de la compra. ¡Era absurdo! Se suponía que me había casado con Vanesa para compartir mi vida con ella.

Puse un compacto de Bryan Ferry y, en calzoncillos, me tumbé a leer en el sofá. Minutos después tuve que dejarlo: se me confundían las imágenes de los desagües con las letras del libro, la muerte de Tiny con el silencio de Vanesa. Supuse que padecía lo que llamaban una *crisis*. Durante la última semana me había planteado varias veces si acaso la solución a esa crisis residía en cambiar de trabajo, o en el divorcio, o en apuntarme a un gimnasio, o en matricularme en una escuela de idiomas. Ésas eran al menos las soluciones que adoptaba todo el mundo para salir adelante. Lo del trabajo era inviable: necesitábamos el dinero; y lo del divorcio sonaba muy complejo, muy cuesta arriba: iba a cumplir treinta y seis años y llevaba con Vanesa desde los diecinueve. No sabría ser soltero de nuevo. Para mí soltero significaba sábados por la noche, borracheras, independencia, pero las cosas habían cambiado: ya no había nadie con quien ir a emborracharse, no del modo que lo hacíamos entonces. Todos se habían casado: Albert, Betu, Jorge. ¿Qué haría yo sin Vanesa? ¿Iba a tener el valor de dejarla sabiendo que no había nada al otro lado? Se me fue la tarde dándole vueltas en espiral a la misma cosa: si estaría o no dispuesto a correr el riesgo de equivocarme y quedarme solo, porque si en todo aquel embrollo había una cosa clara era que con Vanesa no habría marcha atrás. Una vez yo saliera por la puerta, no existiría posibilidad alguna de volver a entrar por ella. A Vanesa no le gustaba rectificar, opinaba que era propio de personas débiles y sin personalidad, de modo que tampoco toleraba que rectificaran los demás.

A las nueve me preparé una tortilla francesa con unas rodajas de tomate y cené frente al televisor. Vanesa llegó a las diez. En cuanto se cambió de ropa le dije:

—Tenemos que hablar.

—¿De qué?

—De nosotros.

—Pues habla.

Se sentó en una silla y adoptó una postura provisional, como si no tuviese previsto permanecer en ella más de dos minutos. Hablar con Vanesa era como arrojar pelotas de goma contra una pared: tenías siempre la sensación de que cada frase que pronunciabas te costaba una barbaridad elaborarla y apenas un segundo tenerla otra vez de vuelta. En cuanto intenté explicarle que lo nuestro no iba bien, que teníamos que hacer algo al respecto, empezamos los dos a culpabilizarnos, a echarnos cosas en cara. La conversación derivó en un combate, se nos fue de las manos, era imposible que sucediera de otro modo. En el momento álgido me di cuenta con una mezcla de horror y también fruición de que estábamos insultándonos: yo había gritado idiota y ella imbécil o gilipollas. Perdí el hilo y pensé: Dios mío, si antes éramos capaces de hablar durante horas.

—¡Para estar así mejor me largo! —exclamé, y noté un vacío en la boca del estómago: sólo había querido decirle que se callara, que me dejara en paz.

—¡Pues vete! —dijo ella—. ¡Vete ahora mismo si tienes narices!

Sabía que marcharme sería el fin, pero yo no estaba dispuesto a que me doblegara una vez más, quería demostrarle que sí tenía narices, que diez años saliendo juntos y seis de matrimonio eran sometimiento suficiente. Fui al dormitorio, me puse a toda prisa un pantalón y una camiseta, cogí de la mesilla el móvil y el discman y recorrí el pasillo a toda velocidad. Vanesa me gritó desde el comedor que, sobre todo, no olvidara a mi *querido* Bryan Ferry. Di un portazo y, desde el rellano, aún oí su voz a lo lejos:

—¡Fóllatelo esta noche, seguro que te gusta más que yo!

En la calle noté la urgencia de alejarme, de correr hasta que me fallaran las piernas. El barrio donde vivíamos era un barrio obrero, de gente que volvía del trabajo al atardecer y, si salía a dar una vuelta o a comprar la cena, se metía temprano en casa porque madrugaba. A esas horas todos iniciaban ya el camino de regreso llenando las aceras de piernas y niños y cochecitos de bebés. Me saludaron un par de personas que no reconocí, vecinos probablemente, y al final eché a correr para escapar de aquella telaraña de miembros, de caras tristes o cansadas, y me encontré comprando un billete de ida para Barcelona en la estación de los Ferrocarriles Catalanes; no se me ocurrió otra cosa. Pasaría la noche fuera. Descarté llamar a Betu o a Albert por teléfono porque tendría que contarles lo de Vanesa. Buscaría cualquier pensión y de ese modo demostraría que no me había marchado de casa por un arrebato.

Cuando el tren entró en la estación quince minutos después y, con un silbido hidráulico, abrió sus puertas, me di cuenta al dar el primer paso de que ni siquiera me había traído la ropa de trabajo para el día siguiente. Permanecí inmóvil. Alguien hizo sonar un silbato y comprendí que ya era demasiado tarde. Me dejé caer en uno de los bancos del andén y cerré los ojos para no ver cómo el tren partía sin mí.

—Mierda —susurré.

Yo de niño era mucho más decidido, más visceral, no prestaba tanta atención al cerebro. Creo que los Játac fueron los únicos que conocieron mi verdadera personalidad, o al menos gran parte de ella, antes de que los años me domesticaran y me adormecieran el carácter; ni siquiera Vanesa la conocía, ni mis padres. Mi madre se había pasado la vida diciéndome a menudo que cambiara de amigos, que yo no era como ellos. Para ilustrármelo con ejemplos, guardaba siempre algún rumor en los bolsillos: que si una amiga suya había visto a Tiny retozar entre las bolsas de basura y a Jorge gritándole al basurero que lo echaran al camión, que si el otro día Albert, de un chute, rompió el retrovisor de un coche, que si la madre de Jorge y Tiny le había dicho que sus hijos tiraban gatos desde los balcones. En infinidad de ocasiones me había preguntado cómo habría reaccionado mi madre si hubiese sabido que la mayoría de esas ideas surgían de mi cabeza, si alguien le hubiera dicho que yo era el más retorcido de los Játac y que, a veces, esos chicos de los que ella me aconsejaba separarme eran precisamente los únicos que de vez en cuando lograban sujetar mis intenciones más rocambolescas, como el día que Albert evitó, en el último instante, que yo, desde un puente, arrojara una piedra del tamaño de una pelota de fútbol contra los vagones de un tren. Cosas como maltratar animales, colocar botellas de cristal en medio de la carretera para que los coches las embistieran o lanzar petardos dentro de los portales durante la verbena de San Juan se me ocurrían a mí, pero yo llegaba a casa, ayudaba a mi madre a preparar la cena y poner la mesa, y a ojos de cualquiera resultaba imposible sospechar que esas ideas fuesen mías; un chico tan aplicado como yo no podía generar semejantes barbaridades. Y ése era el Carlos que no se había atrevido a subir al tren: el niño bueno, el que nunca hacía nada que pudiera poner en evidencia su verdadera forma de ser. Así que Tiny era el payaso, Jorge, el charlatán, Albert, el jefe, Betu, el prudente, y yo, doctor Jekyll y míster Hyde, y juntos producíamos una mezcla explosiva. Nuestro aspecto era muy descuidado, muy callejero. Vestíamos camisetas y pantalones que nos compraban en los mercadillos y en las tiendas de saldo porque lo agujereábamos y ensuciábamos todo enseguida. Si un clavo cualquiera se te llevaba un trozo de pantalón, tu madre cogía hilo y aguja y te colocaba un parche Harley Davidson o Bultaco sobre el agujero, si de arrastrarte por el suelo o de jugar al fútbol te saltaba una costura, se cosía, y si volvía a saltar, se volvía a coser; se compraba poco y se miraban mucho los precios. Las zapatillas de deporte nos duraban tres o cuatro meses. Mi madre me decía *hijo, cuídalas un poco más* o también *hijo, no chutes tan fuerte*, pero claro, ambas cosas estaban fuera de mi alcance, así que también las zapatillas de deporte pertenecían a las estanterías más asequibles de las zapaterías. Yo jamás tuve unas Nike ni unas Adidas ni unas Puma, y los demás tampoco, las nuestras eran marcas más de batalla, más anónimas: Fury, Smith & Smith, Saint John. Cuando repasábamos las pocas fotografías que quedaban de aquella época, la mayoría de la señora Consuelo, nos parecía mentira haber tenido alguna vez aquellos pelos, aquellas expresiones, aquella ropa... Yo no soy ése, decíamos, es imposible, qué mierda de camiseta, vaya porquería de pelo, yo no soy ése, reniego de los Játac. Fue idea de Jorge unir las iniciales de nuestros nombres para conseguir una marca registrada propia, porque todas las bandas disponían de una identidad con la que diferenciarse de las demás. J de Jorge, A de Albert, T de Tiny, A de Albert y C de Carlos. El segundo Albert se refiere a Betu, porque Betu, en realidad, se llamaba Albert, lo llamábamos Betu para evitar confusiones. El hecho de buscarnos un nombre identificador ya decía mucho de nosotros. En pocas palabras: fuimos un puro disparate. Siempre me desconcertó pensar en ello, en las cosas que hicimos. Ignoro si la infancia de los demás fue como la nuestra, pero nosotros no aprendimos nunca a abarcarla entera con la memoria, estábamos convencidos de que aunque alguno de nosotros lo intentara con ahínco y se propusiera contar todo lo que vivimos los Játac, no lo conseguiría, ni siquiera Jorge con sus dotes de narrador, porque las palabras lo reducirían todo a tamaño real y lo que a nosotros nos parecía excepcional sería, para los demás, una aburrida sucesión de anécdotas. Las cosas más importantes son siempre las más difíciles de contar, dice

Stephen King en la primera línea de *El cuerpo*, y tiene
toda la razón, porque cuando yo le contaba a Vanesa
algún suceso de mi infancia, normalmente payasadas
de Tiny o arrebatos de furia de Jorge, me daba cuenta de que no me entendía, de que se aburría, y al final
yo acababa pensando que resultaba lógico, porque lo
que le contaba era tan sólo la ridícula punta de un inmenso iceberg que jamás podría acotarse dentro de ningún recipiente.
Me levanté, abandoné la estación e inicié el camino de
regreso a casa. Vanesa ni siquiera me miró cuando entré
en el comedor. Estaba viendo la televisión y tenía los ojos
fijos en la pantalla. Sólo al cabo de un par de segundos
se le dibujó una sonrisa en los labios, una sonrisa cruel
cuyo rastro tardaría días en desaparecer. La hubiese
abofeteado.

El sábado por la mañana desperté todavía con el
amargo regusto que me había dejado en el alma el humi-
llante regreso a casa del jueves. Esperé a que Vanesa saliera de casa, supuse que a hacer la compra, y me levanté con la sensación de que, en lugar de dormir, había
pasado la noche recibiendo golpes. Arrastré las zapatillas por el pasillo. Iba a ser un fin de semana sencillamente
horrible, resultaría imposible ignorar a Vanesa y que ella
me ignorara a mí durante cuarenta y ocho horas seguidas en un piso de setenta metros cuadrados. Tendría que
haber cogido aquel maldito tren y quedarme por ahí
hasta el domingo. Buscando un modo de evitar pasarme
la noche del sábado en casa, llamé a Betu para organizar
una cena de las nuestras, pero me dijo que se hallaba en
Playa de Aro, en el apartamento de sus suegros.

—Por cierto —añadió—. Me ha llamado Jorge. Viene el sábado a pasar un par de días con sus padres. Quiere que montemos algo.

Quedamos en llamarnos a media semana y colgué. Me dejé caer en el sofá y encendí el televisor. Ojalá pudiese odiarla, pensé. Me refiero a Vanesa. Ojalá hubiera tenido entonces un motivo lo bastante grave para odiarla y dejarla, algo imperdonable que no ofreciera ninguna duda en cuanto a la ruptura, porque eso era precisamente lo peor: que entre nosotros no hubiese sucedido nada de ese calibre. Nadie me entendería si, de buenas a primeras, me presentara en Sant Feliu diciendo que había decidido separarme de ella. Todos me tenían ya ubicado, conocían mi futuro. No existía nadie que pudiese imaginarme de otro modo a como llevaba viéndome desde que empecé a salir con Vanesa, nadie me recordaba soltero ni se cuestionaba que pudiese volver a serlo. Me tacharían de caprichoso, de excéntrico.

A la hora de comer decidí cocinar yo porque ni siquiera estaba dispuesto a dirigirle la palabra para preguntarle quién se encargaba de ello. Preparé lo que preparábamos la mayoría de sábados: arroz a la cubana, ella sin huevo frito. Comimos mirando las noticias del primer canal. Después de comer, Vanesa se sentó en el ordenador a hilvanar sus solitarios, a esconderse tras los naipes que iban y venían por la pantalla. Su espalda se me antojó ya un muro. Cogí el libro aunque supe que no podría leer ni una línea.

—¿Hoy no pones música? —preguntó con sarcasmo.

Era una declaración de guerra. Cerré el libro.

—Oye, Vanesa, no podemos seguir así.

No dijo nada, sólo arrastró un as de espadas de izquierda a derecha.

—He estado pensando en lo nuestro —añadí—. Y creo que no funciona. Ya no somos los de antes.

—Claro que no somos los de antes.

—Estoy hablando en serio.

—Yo también —asintió.

—Pues no parece que te interese mucho.

—Si tú lo dices.

No soportaba que no me mirase, que me hablara como si yo fuese un cualquiera, que siguiera moviendo el *mouse* dando a entender que resultaba más importante completar el solitario que poner remedio a nuestra situación. Me levanté y caminé hacia ella, la cogí del hombro y al volverla hacia mí me di cuenta de que estaba llorando.

—Vanesa...

—Yo también lo estoy pasando mal, ¿sabes? —sollozó—. Me duele estar así.

Se puso de pie y se zafó de mi mano, salió del comedor. Oí cerrarse la puerta del cuarto de baño. Vanesa lloraba pocas veces, no era propensa, así que cuando lo hacía yo tendía inmediatamente a culpabilizarme de ello. Me afectaba tanto que solía olvidar mis propósitos y trataba por todos los medios de consolarla.

Regresó al cabo de pocos minutos sin lágrimas, seria, sin saber dónde detenerse o sentarse. Pasó por mi lado y yo no pude evitar abrazarla. Ella se abandonó al abrazo y me gustó notar la presión de sus brazos a mi alrededor. Empezó a llorar otra vez y yo también.

—Vayamos a cenar a alguna parte —dijo entonces—. Salgamos a divertirnos.

Sonrió, nos besamos y decidimos ir a cenar a Il padrino, una pizzería de Barcelona a la que solíamos ir de vez en cuando. Me tranquilizó haberme reconciliado con ella, no parecía la vida tan cuesta arriba, pero conforme

pasaron los minutos y terminamos de cenar y fuimos al
Bikini a bailar y nos reímos como nunca, me fui dando
cuenta de que contábamos y hacíamos las mismas tonterías de siempre, nos las sabíamos de memoria. Pasada
la medianoche empezó a congelárseme la risa en los labios, sólo quería irme a dormir, cerrar los ojos. Habíamos puesto un parche al descosido, una reconciliación
más, pronto vendrían otras. Me fastidiaba no haber sido
capaz durante la cena de poner sobre la mesa el tema de
nuestra crisis y me fastidiaba no haberlo hecho tampoco mientras tomábamos una copa y bailábamos en Bikini.
Aquello era un puñetero callejón sin salida.

   Al llegar a casa Vanesa me desnudó a trompicones, me
arrastró y caímos los dos en el sofá, más risas. Yo no tenía
ganas de hacer nada, pero me venció el puro deseo de
follar. La penetré con violencia y ella gritó. Con Vanesa
el sexo siempre era un encuentro austero y rápido, con
apenas preliminares; ella tenía a veces problemas para
alcanzar el orgasmo y yo casi siempre tenía la sensación
de que me equivocaba en algo, de que no la dejaba satis-
fecha por completo. Nunca hablamos de ello, no lo bastante para aceptar la posibilidad de que existiese un problema. Terminamos en apenas cinco minutos y nos
abrazamos en la oscuridad. Cerré los ojos. No me decían
nada sus brazos sobre mí, nada sus manos pequeñas, nada
su cuerpo junto al mío. Sólo pensaba en el sudor y el calor
que irradiaba el sofá.

   —¿Recuerdas el día que me contaste las pecas?
   Abrí los ojos.
   —Seiscientas ochenta y tres —dije.
   —Ya no tienes ocurrencias de ésas.
   Era cierto, pero tampoco las tenía ella. En el silencio
del comedor me pregunté si acaso las volveríamos a te-

ner alguna vez, si acaso estábamos aún a tiempo o ese tipo de detalles pertenecían sólo a los primeros años de relación y luego la rutina o la costumbre los mataba. Quizá no era cuestión de que se te ocurriesen, sino de que surgieran espontáneamente. Y yo no creía que hubiese espontaneidad entre Vanesa y yo. Ya no.

—Te quiero —susurró.

—Yo también.

Detestaba decir *yo también*, y detestaba aún más decirlo sin sentirlo en absoluto. ¡Se trataba de palabras vacías, joder! Podría cogerlas una por una y se desharían entre mis dedos como papel quemado. ¿Por qué coño seguía alimentando aquella farsa?

Nos fuimos al dormitorio. Al apagar la luz, Vanesa se acurrucó junto a mí cruzando una pierna por encima de las mías y apoyando la mejilla en mi hombro. Me removí incómodo y ella refunfuñó un poco, pero no se apartó. Al cabo de un largo rato su respiración se ralentizó. Me ahogaba su piel pegada a la mía, el calor, la imposibilidad de cambiar de postura. Supuse que allí era donde más nos mentíamos hombres y mujeres: en el abrazo después de, en el hecho de no atrevernos a hacer nada por si el otro piensa que. Como yo no me atreví a pedirle que se apartara mientras estuvo despierta ni a apartarla yo mismo una vez dormida, tuve que esperar, para quedar por fin libre, a que ella se diera la vuelta por sí misma y se deslizara hacia el otro lado de la cama.

Me levanté silenciosamente para no despertarla, no quería que se repitiera lo de los acurrucamientos. Fui al cuarto de baño a mojarme la cara y estuve un rato allí de pie; luego regresé a la cama. De repente, me encontré con que el aroma de Eau Fraîche no me dejaba dormir: estaba en la almohada, en las sábanas, en mi cuello. Eau Fraîche era la colonia que ya usaba Vanesa cuando empezamos a salir juntos. A mí me fascinaba su olor: lo sentía bajar desde la nariz hasta las articulaciones de las rodillas y quedarse allí a desmadejar huesos y músculos. No me sucedía con ninguno de los otros perfumes que a veces ella se probaba por curiosidad. Sólo con Eau Fraîche. Ambos solíamos bromear al respecto: yo le decía que la dejaría por otra mujer el día que se le ocurriera cambiar de colonia, y ella, cuando estaba de buen humor y quería conseguir algo de mí, me chantajeaba con pasarse a Anaïs Anaïs o a Ágata Ruiz de la Prada si yo no cedía a sus deseos. Ahora noté el aroma en las rodillas más fuerte que nunca, más debilitador, estar tumbado en la cama no me ayudó a evitar el vértigo.

Al día siguiente, mi madre llamó por teléfono para invitarnos a comer. Yo estaba tumbado en el sofá leyendo, o intentándolo, y se me hacía una montaña abandonar la lectura, vestirme, coger el coche, entregarme a una comida dominical donde seguramente estarían también los vecinos de mis padres y luego se añadirían quizá mis tíos a tomar el café. Sabía que si le decía que no a secas a mi madre, sin darle un motivo, no lo entendería, así que le dije que no me encontraba muy bien, lo cual no era del todo mentira, y que mejor lo dejábamos para otro día. Vanesa me observó de reojo desde el balcón con cara de reproche. Llevaba un rato tumbada bajo el sol, embadurnada con leche bronceadora y apretujada entre la pared y la barandilla. Me puse de pie y caminé hasta la cocina con el teléfono pegado al oído. Mi madre, al temer que yo pudiese caer enfermo, se solidarizó enseguida conmigo. Como noté que se alarmaba me apresuré a tranqui-

lizarla diciéndole que sólo se trataba de un ligero males-
tar, algo que me había sentado mal la noche anterior. Me
aconsejó que me preparara una taza de María Luisa bien
caliente o que me tomara un Almax.

—¿Por qué le has mentido? —preguntó Vanesa cuando colgué y aparecí de nuevo en el comedor.

—Porque no me apetece salir.

Nunca me habían gustado los domingos: el aperiti-
vo del mediodía, las comidas y sobremesas familiares, los
paseos por la tarde. Ni siquiera me gustaban con los Játac,
ya que ese día raramente teníamos la oportunidad de estar
los cinco juntos. Nuestros padres guardaban para ese día
las consabidas comidas y visitas familiares y no había
manera de librarse de ellas, así que cuando coincidíamos
los cinco en la calle no sabíamos qué hacer, nos pillaba
por sorpresa. Nos parecía el domingo un día vacío y silencioso, un día en el que la gente andaba más despacio
y vestía de otro modo. Nosotros, si no conseguíamos
dinero para ir al cine Guinart por la tarde, solíamos llegar al atardecer con el aburrimiento metido hasta los
huesos. Yo, en el colmo del pesimismo y porque lo había oído en alguna parte, quizás en boca de mi padre,
acostumbraba a repetir como un disco rayado que el fin
de semana terminaba el domingo a la hora de comer y que
la tarde era sólo un trámite horario hasta el lunes, que no
le gustaba a nadie. El último domingo de los Játac fue el
de la mañana siguiente a nuestra venganza en los desagües, y no fue un domingo especialmente divertido. Al
bajar a la calle después de desayunar, me encontré a Jorge
y Albert tumbados en la acera y comprobé que en sus
rostros, como en el mío, permanecía la misma expresión
de incertidumbre que al despedirnos el día anterior. Nos
saludamos con un lacónico *hola* y me senté junto a ellos.

Aunque nadie pronunció una sola palabra al respecto, los tres sabíamos que estaba a punto de sucedernos algo terrible. No he vuelto a sentir nunca esa sensación de fatalidad, de saber con certeza que el cielo se te va a desplomar encima en cualquier momento y que no tienes forma de evitarlo. A media mañana cambiamos de acera para que siguiera bañándonos el sol y Tiny se unió a nosotros sobre las doce y media, alborozado y ruidoso porque llevaba en silencio desde las diez. Y es que debido a sus malas notas no sólo lo obligaban a acudir a sus clases de repaso los sábados, sino que el domingo por la mañana lo sentaban a la mesa del comedor en presencia de su padre, que lo vigilaba de reojo mientras leía sus novelas de Círculo de Lectores, y le hacía repasar lo de la clase de repaso, de modo que cuando su padre le daba el visto bueno a sus apuntes y ejercicios, Tiny salía a la calle como un animal liberado de su cautiverio. Aquel día, el contraste entre nuestra melancolía y su júbilo provocó el mismo efecto que ser despertado por un televisor a todo volumen. Cállate, Ore, dijo Jorge sin fuerzas para gritarlo. Tiny le dedicó una mueca y se frotó las manos enérgicamente: ¡He terminado los deberes, he terminado los deberes, he terminado los deberes! Parecía un loco en el patio de un manicomio. Soltó una carcajada y echó a correr calle abajo. Estuvo cinco minutos saltando de una acerca a otra, zigzagueando entre los coches, riéndose solo y saludando a la gente haciéndoles reverencias: ¡Buenos días tengan, buenos días tengan! Al final se dejó caer junto a nosotros y se tumbó boca arriba con los brazos en cruz, jadeando y sonriéndole al sol con los ojos cerrados. ¡Eres subnormal, O!, suspiró Albert. Al cabo de un rato salió a la calle el padre de Jorge y Tiny. Chilio, dijo, acércate un momento a la bodega del señor Oliva y tráele a tu madre una botella de vinagre. ¿Por qué no va Jorge?, protestó Tiny, yo he estado estudiando. No me lo hagas repetir, concluyó su padre mostrándole el billete de quinientas pesetas, y date prisa. Jorge soltó una risita y Tiny se levantó de mal humor. A Jorge nunca lo enviaban a hacer ningún recado ni a comprar nada. Yo lo envidiaba, porque una de las peores cosas que podía sucederte cuando estabas tan tranquilo en la calle o jugando a algo, era que tu madre te llamara para que fueses a por esto o a por lo otro. Le dije a Jorge: Qué suerte tienes de que no te manden a comprar, macho. Él sonrió: Ya están mi madre y el Orejón para eso. Y era cierto. Exceptuando cuando iba por interés propio, jamás lo vimos pisar la tienda de la señora Mirsa ni la panadería ni la bodega del señor Oliva. Tenía gracia que el futuro le deparara un empleo como jefe de mantenimiento en una cadena de supermercados, todo el día metido entre pasillos de detergente y embutidos, entre bollería y productos de limpieza. Si Tiny estuviese vivo, habría sabido encontrarle un chiste a ese guiño del destino. Mientras observábamos cómo Tiny se alejaba haciendo el tonto hacia la bodega, hablándole a los árboles, vimos aparcar el Renault 14 del padre de Betu junto al solar de la esquina. Betu iba en el asiento trasero y nos saludó con la mano; su madre nos echó una ojeada y dijo algo. A mí los padres de Betu siempre me habían parecido muy serios, muy en su papel de progenitores, sobre todo su padre, que solía saludarnos escueta y educadamente, como si fuéramos adultos. No era como el padre de Albert, por ejemplo, más dicharachero y a menudo propenso a preguntarte cosas como si ya tenías novia o si ya te habían salido pelos en los huevos; no me imaginaba al padre de Betu preguntándome si ya me habían salido pelos en los huevos.

Cuando Betu nos decía que no le dejaban ir a alguna parte, yo imaginaba a su padre adoctrinándolo muy seriamente, pormenorizándole los peligros y las consecuencias de acompañarnos aquí o allí; no me ocurría lo mismo con Jorge y Tiny, que nunca parecían prohibirles nada, sobre todo a Jorge, ni con Albert, que jamás faltó a ninguna aventura, como si sus padres hubiesen asumido sin problemas su espíritu callejero o se hubieran resignado a él, muy parecidos en eso a los míos, que casi nunca me prohibieron nada aunque antes de darme permiso me dijeran mil veces cuidado con eso y cuidado con aquello. El padre de Betu aparcó el Renault 14 como era su costumbre: perfectamente pegado al bordillo. A mí me fascinaba la paciencia que dedicaba a las maniobras, lo infalibles que resultaban. Cuando murió de cáncer en mil novecientos ochenta y siete, Betu acababa de cumplir diecisiete años y yo iba para veinte, y lo primero que pensé al enterarme fue que ya no podría tener uno de esos coches con dirección asistida que estaban saliendo al mercado, uno de esos coches que antes no tenía nadie y que ahora tenemos todos, y que al padre de Betu le habría ido de maravilla para mejorar sus inmejorables aparcamientos. A partir de entonces me acordé muchas veces de él cada vez que yo aparcaba el coche, y me preguntaba si en realidad fue tan serio como se mostraba ante nosotros, si acaso en la intimidad no era el padre más divertido del mundo y preguntaba cosas como si te habían salido pelos en los huevos. Apenas recuerdo nada del día del entierro, del dolor de Betu. Sí recuerdo que fue muy duro decirle que lo sentía y que luego pasé muchos días, muchísimos, imaginando que llegaba un día a casa y mi madre, llorando, me decía: papá ha muerto. Aquella mañana, hasta que el padre de Betu no dio por bueno el aparcamiento y hubo detenido el motor, no descendió Betu del coche y se acercó a nosotros. Iba impecablemente vestido, repeinado, venía sin duda de hacerle una visita a esa tía suya que le daba doscientas pesetas cada domingo que iba a verla; normalmente, Betu pagaba la entrada del cine con eso y le sobraba para una bolsa de palomitas. Qué guapo vas, dijo Albert. En otras circunstancias Jorge y yo nos hubiésemos unido al pitorreo, habríamos enojado a Betu y, durante un rato, nos hubiéramos divertido a su costa, pero el ambiente no estaba para bromas. Betu se acercó a Jorge, se metió la mano en el bolsillo y le mostró un billete de cien pesetas. Me lo ha dado mi tía, dijo. Jorge se encogió de hombros: ¿Y qué? Betu se aproximó un poco más y colocó el billete bien tenso frente a Jorge. Míralo bien, le dijo. Albert y yo nos inclinamos también y observamos con detenimiento las cien pesetas. De repente, nos dimos cuenta los tres a la vez. *Jódete, Altagracia, 1981.* ¡Hostia!, exclamó Jorge levantándose de un salto. Le arrebató el billete a Betu y lo miró tan de cerca que parecía querer introducírselo en los ojos. Jódete, Altagracia, mil novecientos ochenta y uno, murmuró, y su sonrisa de dientes blancos y grandes nos contagió el alborozo que le suponía aquel hallazgo. ¡Es la hostia!, repitió. Hacía unos cinco meses que Jorge había escrito aquello en el billete. Por primera vez en su vida, una de sus frases lanzadas al viento había regresado. Y el mérito era doble, porque la tía de Betu vivía en Cervera, a unos ochenta kilómetros de Sant Feliu, así que resultaba fascinante preguntarse qué trayectoria habrían seguido las cien pesetas desde que Jorge las depositó en las manos de la señora Mirsa hasta que llegaron a las manos de la tía de Betu. Tengo que quedármelo de recuerdo, dijo Jorge

completamente hechizado. Rápido de movimientos, Betu
le arrebató el billete y se lo guardó en el bolsillo. Esta
tarde bajas otro igual y te lo cambio, propuso. Y Jorge
se quedó mirando sus propias manos vacías como si Betu
le hubiese quitado las cien pesetas mediante un burdo
truco de magia. ¡Dámelo ahora!, dijo cuando pudo reaccionar, ¡te juro que esta tarde te doy otro billete, te lo
juro! Betu negó con la cabeza: Cuando me lo des, yo te
lo doy. Jorge, con los ojos fuera de sí, no entendía aquella
falta de confianza. ¡Pero qué más te da si te lo voy a dar
igual!, insistió. Betu dio media vuelta: Tengo que irme a
comer. Jorge se quedó mirándolo con la boca abierta.
Luego se sentó de nuevo junto a nosotros y la decepción
de ver el milagro y perderlo en apenas treinta segundos
lo mantuvo un rato en silencio, justo el tiempo que tardó Tiny en regresar con la botella de vinagre y gritando:
¡No os lo vais a creer, tíos! Siempre decía *no os lo vais a
creer*, y eso era precisamente lo que sucedía. Dijo: ¡Me
han dado tu billete, Jorge, el billete de Jódete, Altagracia, mil novecientos ochenta y uno! Corría agitando un
billete en el aire: ¡Mirad, me lo ha dado el señor Oliva!
Tal como llegó hasta nosotros, Jorge le soltó un tortazo
que lo sentó en el suelo de golpe. La botella de vinagre
no se rompió de milagro. ¡Vete a la mierda, Ore!, masculló Jorge, y se marchó a casa. Tiny, con el billete de cien
pesetas aún en la mano y la mano aún en el aire, observó a su hermano con una expresión de aturdimiento
absoluto. Era una broma, dijo. Albert y yo nos pusimos
en pie, dejamos a Tiny allí sentado y nos fuimos a comer.
Por la tarde, lo primero que hizo Jorge en cuanto Betu
y él se intercambiaron sus respectivos billetes, fue cubrir
de besos las cien pesetas y guardárselas de inmediato en
el bolsillo de los tejanos. Lo forraré con Iron-fix para que

no se estropee, dijo, no pienso gastármelo. Todos vivimos el retorno del billete como si se hubiese tratado de un milagro. Agotada la emoción del suceso, quedaba por resolver qué hacer con el resto de la tarde, porque, según mi Casio, eran sólo las cuatro y media. La idea de ir al cine Guinart quedó descartada enseguida: sería horrible entrar en la sala, elegir las butacas y que, por una endiablada casualidad, Altagracia, Miserachs y Sebastián Coto vinieran a sentarse junto a nosotros; el Scalextric precisaba de una tensión y una competitividad de la que carecíamos en aquel momento; para jugar al fútbol estábamos demasiado cansados o melancólicos. ¿Qué tal una partida al Monopoly?, sugerí. A falta de una idea mejor, aceptaron la propuesta. Por supuesto, quien ganaba mayoritariamente al Monopoly era Betu. Cuando le iban mal dadas al Scalextric o resultaba goleado en un partido de fútbol, cuando lo acusábamos de miedica, replicaba: Bueno, pero yo soy el mejor al Monopoly. Tenía un olfato especial para calcular los riesgos, para edificar casas y hoteles en el instante propicio. Sólo Jorge, debido sobre todo a su buena estrella con los dados, podía competir de vez en cuando a su nivel. Lo que más nos fastidiaba de Betu era que sabía administrar su dinero de tal forma que sus montones de billetes crecían en la misma proporción que disminuían los nuestros. No importaban las multas o contribuciones que tuviese que pagar: si gastaba cincuenta mil pesetas, ingresaba en el acto cien mil. Durante las partidas no sabíamos decirle otra cosa que *vaya puta suerte* o *qué suerte tienes, macho*; a ninguno de nosotros se nos ocurrió pensar que esa suerte pudiera ser una cuestión de talento. Cuando años después me invitó a la inauguración de su empresa, le dije: No, si tú, con el Monopoly, ya eras un poco empresario. Aquella tarde la partida se estaba desarrollando como estaba previsto, es decir, con Betu más adinerado que nadie, cuando, de repente, Jorge cayó primero en la casilla de Paseo de Gracia y luego, en la siguiente vuelta y en el colmo de la mala suerte, en la de Balmes. Betu tenía edificado un hotel en cada una de ellas y Jorge se arruinó por completo al pagar las tasas correspondientes. ¡Primer eliminado!, rió Betu. Tiny no desaprovechó la ocasión para mofarse de su hermano y empezó a aplaudir y a gritar como si hubiese recibido la mejor noticia de su vida. Curiosamente, Jorge lo ignoró. Me queda el billete de cien pesetas, dijo. No le hicimos caso y lo apremiamos a abandonar la silla. Lo digo en serio, insistió sacándose el billete y poniéndolo encima de la mesa. Se lo cambio a la banca por dos billetes de cien mil pesetas y el que gane la partida se lo lleva. Nos miramos unos a otros; no había duda de que estaba hablando en serio. ¿Vas a jugarte tu billete de Jódete, Altagracia?, preguntó Albert sin dar crédito. Jorge asintió. No puedes ganar, le advirtió Betu, incluso con esas doscientas mil pesetas tendremos todos más dinero que tú. No importa, respondió Jorge. Permanecimos unos segundos en silencio, valorando la propuesta, preguntándonos a quién de nosotros le correspondía tomar una decisión. Te aviso, dijo Betu al cabo, que si yo gano me quedaré de verdad con el billete. Tiny sonrió golosamente: Y yo también. Jorge se enfureció: ¡A la mierda si no soy capaz de mantener una apuesta!, ¡si digo que quien gane se lo queda es que quien gane se lo queda y punto! Albert dio una palmada: ¡Cojonudo!, exclamó. Cogió las cien pesetas de Jorge y le entregó a cambio dos billetes de cien mil. Venga, dijo, sigamos. La partida se animó de golpe, se terminaron las bromas y los comentarios triviales, había que prestar atención al juego, concentrarse y no hacer concesiones al rival: todos codiciábamos ese pequeño milagro en forma de billete que había viajado ochenta kilómetros y había caído en las manos de la tía de Betu cinco meses después. Pero también lo codiciaba Jorge, y menospreciamos hasta qué punto. Le vimos tan arruinado con sus raquíticas doscientas mil pesetas, administrándolas con tanta cautela y avaricia, que en ningún momento se nos pasó por la cabeza que pudiera recuperarse. Pero lo hizo: una hora después ya cuadriplicaba lo que la banca le había dado por su billete. Lo achacamos por supuesto a su buena estrella con los dados, a que a nosotros se nos estaba poniendo la tarde ceniza, pero fue su fe, estoy convencido de ello, su confianza en creer que lo conseguiría. Jorge tenía eso: cuando se le metía algo entre ceja y ceja terminaba por hacerlo a pesar de lo difícil que pudiera parecer. Así que al final ganó. Arruinó a Betu en un mano a mano sin precedentes y al terminar se felicitaron mutuamente. ¡Joder!, exclamó Albert, ¡ha sido una partida de profesionales! Jorge cogió su billete de cien pesetas, lo besó y se lo guardó de nuevo en el bolsillo. Tenía la mirada ida, dos luces en las pupilas. Lo conseguí, sonrió, lo conseguí. Estaba pálido como la cera. La voz de la madre de Albert llamándonos a través de la persiana cerrada del garaje, conminándonos a dejarlo ya, que se hacía tarde y al día siguiente era lunes, puso fin a las celebraciones. Fue una mala noche. Después de cenar, me entró un insoportable dolor de barriga y llegué al baño con el tiempo justo de desabrocharme los pantalones y sentarme en el retrete antes de vaciarme por completo con un fluido de líquido y pedos. Me levanté quince o veinte minutos después sin fuerza en las piernas. Mi madre, que poseía un sexto sentido para los malestares

ajenos, me chequeó en el acto con una mirada en cuanto regresé al comedor, me preparó unas hierbas de María Luisa y me preguntó si había comido alguna tontería en la calle. No, contesté. Me colocó el termómetro en
la axila enseguida. Mi madre era adicta al termómetro, a
las infusiones, a ingerir medicamentos, se sabía de memoria qué tipo de comprimidos iban bien para las anginas
o el dolor intenso de muelas, qué jarabe te convenía para
la tos o para la infección de oído. A veces ni siquiera le
daba tiempo al médico a extender la receta cuando alguno
de nosotros o ella misma enfermábamos. Clamoxil, ¿verdad?, lo interrumpía, Bronquidiazina, ¿no? Con los años
siguió comportándose igual. Si yo le decía, por ejemplo,
que me había salido un eczema, antes de preguntarme
dónde o si había ido al ambulatorio, me soltaba una lista de pomadas o tonificantes infalibles. Esa afición tan
suya la convirtió en una mujer coleccionista de males,
propensa a sentir dolor físico para disponer de la oportunidad de curárselo. La taza de María Luisa me calmó
ligeramente los retortijones, pero no el motivo por el que
habían surgido. No había sido por la tortilla de patatas,
como sugirió mi padre, ni por estar todo el santo día en
la calle, como apuntó una vez más mi madre, sino porque al día siguiente había que volver al colegio y allí estarían de nuevo Altagracia, Miserachs y Sebastián Coto.
De tanto pensar minuto a minuto en el odio imparable
que cegaría a aquellos tres locos, de tanto ver el filo de
sus navajas automáticas en todos los filos, en los de una
inofensiva tarjeta que sólo me obligaba a pasar por la
casilla de salida sin cobrar las veinte mil pesetas o en los
de los billetes que movíamos unos y otros por encima del
tablero, de tanto sentir ya la cruz invertida en la espalda y el dolor de los cortes, mis tripas, finalmente, no

habían podido resistirlo; la mezcla maloliente que arrojé retrete abajo eran los restos del poco valor que me quedaba. Con el termómetro bajo el brazo decidí que, por una vez, sería magnífico tener fiebre y perderme no sólo las clases del día siguiente, sino las de la semana entera, librarme así de los recreos al descubierto, de las salidas del colegio por la tarde, tan peligrosas, porque te asaltaban fuera del recinto y te arrastraban hacia dónde querían y nadie se daba cuenta, como arrastraron a Pancho Luna y a Tiny. Yo estaba convencido de que en el transcurso de la semana nos acorralarían uno a uno y nos llevarían a Los Pinos o, peor aún, a su agujero en los desagües, donde primero nos harían limpiar y reparar los destrozos, incluidas las heces de Tiny, y luego nos torturarían. Treinta y siete con dos, informó mi madre estudiando el termómetro, será mejor que te tomes una Aspirina y te vayas a la cama. Me la trajo partida en cuatro trozos porque, según ella, se disolvía mejor en el estómago y así no provocaba molestias. Ya en la cama y bajo los calores de la fiebre, pensé: Que me dure hasta mañana, que me dure hasta mañana, que me dure hasta mañana. Tardé mucho en dormirme y desperté varias veces a lo largo de la noche por culpa de sueños pavorosos y retorcidos de los que tan sólo recuerdo uno: Altagracia agarrándome por el pelo y metiéndome los excrementos de Tiny en la boca, diciéndome *come, niñato cabrón, come*, restregándomelos por los labios y la lengua, introduciendo sus dedos sucios en mi boca y empujándome garganta abajo aquellos grumos agrios y pestilentes. Desperté con una violenta arcada que me hizo subir del estómago una saliva amarga y densa, como si masticara ácido, algo que hizo aún más real la pesadilla. Estuve a punto de vomitarme encima. Por la mañana me sentía absolutamente roto, con el cerebro convertido en un caldo espeso. Mi madre, nada más verme y tocarme la frente, dictaminó: ¡Uf! Me colocó el termómetro enseguida y el mercurio puso números a esa exclamación. Treinta y ocho, dijo mi madre, voy a llamar al médico. Lo había conseguido. Sin embargo, no sentí ningún tipo de alivio, sino algo royéndome la conciencia. A las nueve menos veinte sonó el timbre del interfono y oí a mi madre diciéndoles a Jorge, Betu y Tiny que se marcharan, que estaba enfermo con muchísima fiebre; a mi madre le gustaba exagerar los síntomas. El médico llegó a las diez y media. Yo detestaba que el médico viniese a casa, que entrase en mi habitación y me auscultara a toda prisa en mi propia cama, estando yo en pijama, se me antojaba una intromisión. Es la gripe, ¿no?, preguntó mi madre. El médico asintió. Entonces supongo que le recetará Tophitan, ¿verdad?, insistió ella. El médico no contestó. Para comer mi madre me preparó un plato de arroz blanco con un par de salchichas. Comí sin hambre, tomé el jarabe con sabor a manzana podrida, que finalmente no era Tophitan, y regresé a la cama. Los minutos se solaparon, corrieron muy deprisa, corrieron muy despacio, y en medio de los sopores de la fiebre y el agotamiento de los músculos iba pensando en cómo les irían las cosas a Jorge, Betu y Tiny. Sobre las seis, supongo que gracias al jarabe y a otra Aspirina que mi madre me había recetado por su cuenta, me bajó un poco la fiebre y pensé: Si les ha sucedido algo, estará sucediéndoles ahora. Quizá ya los tenían retenidos en la madriguera de la riera o los llevaban hacia allí, quizás estaban ya los tres limpiando y poniéndolo todo en orden; no había modo de saberlo. Años más tarde bastantes chicos de catorce años dispondrían de su propio teléfono móvil, pero en mil novecientos ochenta y dos muchos hogares españoles carecían incluso de teléfono fijo. Mis padres, sin ir más lejos, no se decidieron a instalarlo hasta mil novecientos ochenta y siete; recuerdo el año exacto porque ese invierno ingresaron a mi abuela Antonia por culpa de una embolia y mis padres se dieron de alta en Telefónica para poder estar en contacto permanente con el hospital. Así que la única forma que yo tenía de saber cómo se encontraban mis amigos hubiese sido vestirme y salir a la calle a averiguarlo. Durante un rato no pude apartar la mirada del reloj ni de las imágenes atroces que me venían a la cabeza, sobre todo relacionadas con las navajas y los excrementos de Tiny. Revueltas con la fiebre, esas imágenes llevaban todo el día resistiéndose a desaparecer y no me las pude quitar de encima hasta que sonó el timbre de la puerta y escuché la voz de Betu saludando a mi madre. Viene a decirme que han pegado a alguien, pensé, a él o quizás a los demás, viene a enseñarme la cruz que le han grabado en la espalda. Entró en mi habitación y me soltó: No ha pasado nada, estaban allí en el recreo pero no nos han dicho nada. Se le notaba el alivio en la voz, la tensión de haberse pasado todo el día pendiente de que no lo asaltasen en los pasillos o al salir del edificio. Parecía tan contento de haberse salvado que ignoraba que al día siguiente sería otra vez lo mismo, y el miércoles, y el jueves, y así hasta que aquellos tres locos descubrieran la profanación de su templo sagrado. Eso quiere decir que aún no han ido a los desagües, dije. Betu asintió: Espero que Tiny no le vaya otra vez con el cuento al chivato de Pancho Luna. Resultaba una situación paradójica, pues si habíamos puesto boca abajo el cuartel secreto de Altagracia, Miserachs y Sebastián Coto era precisamente para que ellos descubrieran nuestra venganza, no para que les pasara desapercibida. ¿Qué más daba entonces que la noticia les llegara a través de Pancho Luna o del periódico local? Por mí que se chive lo que quiera, dije. No sonó muy convincente, pues una parte de mí, el doctor Jekyll, supongo, compartía el punto de vista de Betu y pensaba que si ya nos habíamos desahogado, ¿para qué necesitábamos que aquellos tres degenerados lo descubrieran? Yo prefiero que no lo descubran, dijo Betu. Yo me debatía entre una cosa y otra y notaba cómo iba aumentando la fiebre o el miedo, la excitación. Mi padre llegó sobre las ocho y dejó caer sobre mi cama un libro enorme. Me lo han dado en el banco, dijo, es del Mundial. Betu y yo nos lanzamos sobre él: *Copa del mundo de fútbol España 82*. Recuerdo que a mí me fascinó enseguida la Unión Soviética, las letras CCCP estampadas en el pecho de los jugadores como un juramento de fidelidad inquebrantable, sus nombres poderosos: Dassaev, Chivadze, Sulakvelidze, Blokhine. A Betu le gustaron los italianos: Zoff, Bettega, Gentile, Rossi. Se nos hizo la hora de cenar mirando el libro y discutiendo cuál de las dos selecciones saldría vencedora si ambas llegaran a la final del mundial. Ganaríamos dos a uno, dije. Ni hablar, protestó Betu, ganaríamos nosotros uno a cero. Por supuesto, no hubo acuerdo. El viernes por la tarde, ya recuperado de la gripe, le pregunté a mi madre si podía bajar un rato a la calle. Me respondió que, en su opinión, sería mucho mejor que no saliera hasta el lunes. Una gripe mal curada, añadió, puede convertirse en cualquier cosa, fíjate en lo que le ocurrió al señor Taco. Yo no tenía ni idea de quién era el señor Taco ni tampoco de lo que le había ocurrido, ni me interesaba saberlo, porque mi madre tenía ejemplos de enfermos para todas las dolencias que se te ocurriese nombrar. Mencionabas una enfermedad al azar, y ella la asociaba de inmediato a alguien: a un vecino, al marido de una amiga, al cuñado del primo de un amigo del hermano de tu padre. Yo creo que la mayoría se los inventaba, por eso cuando nombró al señor Taco traté de hacerme el sordo y pedirle por sexta vez que me dejara bajar un rato al garaje de Albert, que allí no me daría el aire. Al final accedió, ordenándome que regresara a casa si notaba el más mínimo indicio de recaída. Cogí el libro del Mundial 82 y me planté frente a la persiana del garaje en menos de dos minutos. Desde allí oí gritar a Jorge: ¡Has hecho trampa, Orejón! Al entrar me enteré de que Tiny había cometido la imprudencia de vencer limpiamente a su hermano en una carrera de Scalextric a treinta vueltas y que en ese momento estaba pagando su osadía. Jorge, al ser derrotado, se había puesto en pie y, gritando *¡Has hecho trampa, Orejón!*, había arreado un violento puntapié al Chaparral Standard de Tiny. El coche había volado por encima de las pistas y chocado estrepitosamente contra la pared, haciéndose añicos la carrocería y los ejes de las ruedas como les sucede a los automóviles de verdad en los circuitos de verdad. Llevado por la rabia, Jorge se había dirigido al Chaparral Standard de Tiny y lo había pisoteado una y otra vez, convertido en míster Hyde de nuevo, los ojos desorbitados, la sonrisa congelada en los labios, exclamando *¡Toma, Ore, por tramposo!, ¡por tramposo de mierda!* Cuando llegué al sótano, el coche ya se había desintegrado bajo su zapatilla de deporte y Tiny se desternillaba de risa en un rincón, ya en cuclillas y preparado para cubrirse con los brazos porque era evidente que su hermano iría a por él en cuanto terminara con el Chaparral Standard, ya en cuclillas y resignado a los puñetazos y patadas que pronto le lloverían encima porque Tiny sabía, mejor que nadie, cuánto odiaba Jorge ser derrotado por él, algo que, por fortuna para Tiny, sucedía muy pocas veces, porque Tiny era bastante patoso jugando al fútbol, bastante lento al Scalextric y bastante incapaz de calcular los riesgos y estrategias de los juegos de mesa. Pero a veces ocurría. A veces Tiny se sacaba la lucidez de nadie sabía dónde y ganaba, aunque nunca a nosotros, curiosamente, sino a Jorge, como si se reservara esos escasos momentos estelares para utilizarlos como venganza contra la tiranía de su hermano. Aquel viernes por la tarde, su Chaparral Standard aventajó en dos vueltas al Corvette Vintage de Jorge, lo eliminó del campeonato y el premio que recibió fueron las patadas y puñetazos en brazos y piernas que su hermano descargó contra él. Jorge no le hubiera golpeado ni una sola vez si hubiese sabido lo que iba a ocurrirle a Tiny al día siguiente, no hubiese aplastado su Chaparral Standard. Mientras se dedicaba a martirizar a su hermano en el rincón, yo les mostré a los demás el libro del Mundial 82 y la discusión sobre qué selección lo ganaría se volvió más compleja. Albert, cuando se enteró de que yo defendía a la Unión Soviética y Betu a Italia, eligió a Alemania Federal: Schumacher, Breitner, Stielike, Rummenigge, asegurando que era imposible imaginar a otra selección mejor. Dijo que, en caso de llegar a la final contra Italia, ganarían tres a uno, y, si fuera contra la Unión Soviética, tres a cero. ¡Y qué más!, repliqué, ¡cómo le van a meter tres goles a Dassaev, si es el mejor portero del mundo! Albert sacudió la cabeza: Porque tenemos a Rummenigge, que es el mejor delantero del mundo. Como no existía modo alguno de ponerse de acuerdo, el debate fue creciendo en intensidad y gritos hasta llegar al momento de las descalificaciones: que si Dassaev era un portero de segunda división, que

si Rummenigge un tocho, que si lo más redondo que
había visto Rossi era una ventana... Al final conseguimos
llamar la atención de Jorge, que, apartándose de su hermano, se unió a nosotros para participar de la polémica.
Hojeó el libro y se quedó con la selección inglesa: Cle-
mence, Mills, Robson, Keegan, manifestando que, por
supuesto, no habría rival para los ingleses. Al cabo de
unos segundos, despeinado y rojo a causa de los golpes,
sonriendo como si no hubiese sucedido nada, Tiny se
acercó a nosotros y al libro, y se encaprichó de Bélgica:
Pfaff, Gerets, Millecamps, Van Der Elst. Jorge soltó una
risotada: ¡Os meteríamos tal paliza, Orejón, que os ten-
dríais que llevar los goles en un saco! Y así, barajando
pronósticos, se nos fue la tarde. Resultó curioso que
nadie escogiera España: Arconada, Camacho, Gordillo,
Santillana; supongo que nos parecía una selección poco
exótica. Aquel mundial, el de verdad, no el que disputá-
bamos nosotros en la calle defendiendo nuestras respec-
tivas preferencias, lo ganó Italia, y cuando Bélgica apeó
a España en la segunda fase, lo primero que pensé fue:
Tiny ha eliminado a España. Pero Tiny estaba muerto.
Llevaba muerto cinco meses. Alegra esa cara, hombre, me
dijo mi padre al terminar el partido, que ya se veía venir
que iban a eliminarnos. Pensaba que íbamos a ganar,
contesté. Y me costó mucho, muchísimo, terminarme la
cena.

Por la noche, Vanesa se movía ya como un ratón atrapado en una cañería, llevaba grabadas en la cara las veinticuatro horas que habíamos permanecido encerrados en
el piso sin salir. A ella le costaba quedarse mucho tiempo en casa, se le caía encima. Me di cuenta, mientras me

preparaba un bocadillo de queso para cenar, de que renunciar a la invitación de mi madre y a la sugerencia de Vanesa de ir a la playa, incluso el hecho de negarme a salir a tomarnos algo al Tropic, era mi manera de hacerle pagar a Vanesa no sabía muy bien qué, y estaba igualmente convencido de que ella había aceptado sin una queja aquel encierro porque, a su vez, era su forma de hacerme pagar a mí tampoco sabía muy bien qué. Al final, después de la cena, tuve que tomarme una taza de María Luisa para que no me reventara el estómago. Simplemente, ya no sabía cómo compaginar a Vanesa con mi trabajo en los desagües, mi presente con mi pasado.

Viendo la tele sin verla, con Vanesa sentada en silencio a mi lado, repasé mentalmente una vez más el orden en que el miércoles o el jueves derribaríamos por fin las tres paredes que nos quedaban. La última sería la número nueve: la que daba acceso a los túneles del colector principal, el túnel en el que se hallaba la guarida de Altagracia, Miserachs y Sebastián Coto. La idea de estar a punto de verla otra vez era ya casi insoportable. Ignoraba si estarían todavía allí el colchón y las heces de Tiny, las revistas despedazadas, los pósters arrancados de la pared y el radiocasete hecho trizas, o, por el contrario, alguien lo habría limpiado antes de tapiar los túneles. Recuerdo que fue el primer sitio donde acudió la policía cuando le contamos al padre Julio que nosotros sí sabíamos quiénes habían matado a Tiny, que sí sabíamos quiénes lo habían matado y también dónde se escondían. Y se armó un gran revuelo porque, al parecer, los padres de Altagracia, Miserachs y Sebastián Coto ya habían presentado denuncia de la desaparición de sus hijos y la policía se había puesto en movimiento.

El teléfono me sobresaltó. Vanesa no hizo ademán

de cogerlo. Me incliné y leí el número de Betu en la pantalla.

—Cambio de planes, colega —saludó su voz festiva—. Jorge nos invita a pasar este fin de semana en su casa. Sin mujeres. Salimos el viernes por la tarde y volvemos el domingo. No se admiten negativas.

—Coño, así de golpe...

—Si quieres te lo digo más despacio, no te jode. ¿Qué pasa? ¿Tienes que pedir permiso o qué?

De repente me pareció una buena idea marcharme, desaparecer durante unas horas. No importaba que con Jorge las cosas nunca salieran como uno esperaba y que muchas veces resultase insoportable estar a su lado, aguantando sus trastornos o escuchando cómo magnificaba los pequeños hechos cotidianos tratando de convencerte de que el mundo entero estaba contra él. Le dije a Betu que contaran conmigo, y Vanesa, que ya había adivinado con quién estaba hablando, me aguardó mirándome de reojo.

—Jorge nos ha invitado a su casa —dije al colgar.

—¿A Zaragoza?

—A pasar el fin de semana. Dice que tiene ganas de correrse una juerga.

—O sea, que va de tíos solos.

—Eso parece.

—Pues he prometido a mi madre que este sábado la llevaríamos a cenar a un buen restaurante.

—¿Y no podemos ir otro sábado?

—Cumple cincuenta y siete años el viernes —matizó—. No podemos ir *otro* sábado.

Su mirada era de piedra: no iba a ceder ni un milímetro. Me encogí de hombros y fijé los ojos en el televisor; detestaba que organizase cosas como ésa sin consultar-

me. Sin mirarla comenté que ya le había dicho a Betu que
contaran conmigo, que ya no podía echarme atrás. El
silencio creó un precipicio entre nosotros. Vanesa se levantó y soltó un suspiro.

—Me voy a dormir —susurró.

Me dieron ganas de patear el sofá o la mesilla de café
y apreté los dientes. Fui a la nevera, di un trago de agua
fría. No pensaba quedarme a celebrar ninguna puñetera cena de cumpleaños de nadie. Regresé al sofá y apagué el televisor. Desde fuera llegó el rumor sordo de la
ciudad y del vecindario, un trajinar de insectos semidor-
midos. Consulté el reloj: faltaban dos minutos para la
medianoche. Me hundí entre los cojines. Tenía ganas de
que todo terminara, recuperarme de aquel tropiezo y
enderezarme. Había leído en alguna parte que la vida era
una caída horizontal; quizá lo fuera, quizá todos viviéⁿ-
ramos cayendo. Y tal vez el inicio de aquella caída de la
que aún no había conseguido levantarme se remontaba
al último día que estuvimos los cinco juntos. Me refiero
a los Játac. El último día que fue aquel viernes, los cinco
volcados sobre el libro del Mundial 82, cada uno defendiendo sus colores. Al recordar con los años esos últimos
momentos pasábamos en un segundo de la melancolía a
la risa porque nos venía siempre a la memoria el momento en que salimos del garaje para irnos a cenar y Jorge
pisó el cadáver de un gato. Se asustó de tal forma, que se
fue de bruces al suelo y, un instante después, al descubrir
que su pisotón había provocado que el animal expulsa-
ra una masa sanguinolenta por el ano, se le dibujó en la
cara una expresión de pavor. Se puso en pie sin pérdida
de tiempo y restregó una y otra vez su zapatilla depor-
tiva contra el suelo: ¡Qué asco! Los demás nos pusimos
a reír, sobre todo Tiny, que incluso se revolcó sobre la

acera como si le hubiese dado un ataque de epilepsia mientras Jorge no dejaba de limpiarse la suela de la zapatilla contra el asfalto, contra el bordillo, contra el tronco de un árbol. ¡Qué asco!, gritaba, ¡qué mierda de asco! Era imposible parar de reír. Al final, una vez superado el sobresalto, incluso él se unió a nosotros sin poder evitarlo y acabamos los cinco carcajeándonos hasta las lágrimas. Hubiésemos podido estar riéndonos dos horas más si Betu, en medio de las carcajadas, no hubiera dicho: Es el gato que tiramos desde mi balcón. Se produjo un silencio súbito. Betu se había acuclillado frente al animal y lo observaba de cerca. Mirad sus ojos, añadió, los tiene de distinto color. Al acercarnos descubrí que tenía razón. Aunque había sobrevivido al salto desde un tercero segunda, estaba claro que no había podido superar el topetazo y que, probablemente, había estado agonizando desde aquel día. ¿Cuánto hace que lo tiramos?, preguntó Betu. Unos tres meses, respondí. Desconocía si el cálculo era correcto, pero qué importaba. Lo habíamos matado nosotros. Como a las lagartijas. Como a las moscas. ¡Que se joda!, gritó Jorge, ¡por mancharme las putas bambas! Lo vimos tan afanado en la limpieza inútil de sus Fury, tan desesperado, que nos pusimos de nuevo a reír. Años después interpreté aquel suceso como una señal, una de esas señales que a veces nos coloca la vida y que sólo entendemos de forma retrospectiva. El cadáver del gato, sin nosotros saberlo, puso fin al mundo de los Játac, cerró la puerta de nuestra infancia. Fueron los últimos minutos que disfrutamos los cinco juntos, y qué mejor final para despedirnos que las carcajadas de todos. Ninguno de nosotros volvió a ver a Tiny SanGabriel con vida.

El martes por la noche, mientras cenábamos, Vanesa me dijo que a su madre le hacía mucha ilusión la cena del sábado, que la pobre hacía meses que nadie la invitaba a un restaurante. Me concentré en el plato, en el telediario, en el plato, en el telediario.

—Siento que haya coincidido con lo de Zaragoza —añadió—. En serio.

—Tendrías que habérmelo consultado.

—Lo sé —asintió—. Ya te he dicho que lo siento, ¿no?

Quise masticar, pero me había quedado súbitamente sin apetito. La tortilla de patatas era poco menos que un ladrillo en el plato.

—Mira —dijo—, ya sé que estamos pasando una mala racha y que tú lo estás pasando mal en esos desagües por culpa de la humedad y todo eso, pero te pido por favor que no te marches a Zaragoza. Hazlo por nosotros, Carlos. No podemos seguir así, tenemos que volver a ser los de antes.

Una lágrima le rodó por la mejilla en el preciso instante que yo levantaba la cabeza para mirarla. Me llevé un trozo de tortilla a la boca por pura desdicha, por sentir penosamente la comida en el interior de la boca y sentirme aún más desgraciado, más triste. Supe que terminaría llamando a Betu para decirle que habían surgido complicaciones, que no contaran conmigo. Lo había hecho siempre. Me refiero a ceder, a transigir. Como esa idiotez de decirle que la humedad de los desagües me estaba afectando, ¿por qué no le había dicho la verdad? Con Vanesa mentía mucho sin saber por qué. En cuanto me daba cuenta ya estaba mintiéndole, y a continuación tenía que mentirle de nuevo para mantener la validez de la primera mentira, y después para mantener la validez de la segunda, y luego la de la tercera. Resultaba agotador mantener aquel edificio de embustes sin caer en contradicciones o incongruencias, un ejercicio, por lo demás, del todo innecesario, porque se trataba en su mayoría de trivialidades, de asuntos cotidianos sin la menor trascendencia. Me levanté de mala gana y agarré el auricular del teléfono como si fuese a utilizarlo como arma arrojadiza contra alguien.

—¿Qué haces? —preguntó Vanesa.

—Llamar por teléfono.

—¿A quién?

—A ti qué te parece.

Di media vuelta para no verla y me quedé junto al umbral del balcón. Mientras marcaba el número advertí que el volumen de la televisión estaba muy alto: hablaban de las cifras del paro. Un instante antes de que Vanesa volviese hablar, adiviné que adivinaría.

—¿A Betu? —preguntó.

En casa de Betu saltó el contestador. Colgué con rabia y pulsé los números de su móvil.

—Si vas a cabrearte por eso no hace falta que anules nada —dijo Vanesa.

La ignoré y escuché los tonos de llamada. Pensé: ahora dirá que ha sido decisión mía.

—Que conste que yo no te he pedido nada, eh. Si lo anulas es porque quieres.

Contestó Betu y le dije que lo sentía, que había olvidado el cumpleaños de mi suegra y que no podría viajar con él y con Albert a Zaragoza. Tuve que aguantar su pitorreo. Me preguntó si esa cena no podía celebrarse otro día, si tenía que ser *precisamente* aquel sábado. La manera en que pronunció *precisamente* significaba que comprendía la situación. Después de todo, él conocía a Vanesa, conocía su carácter. Cuando colgué el teléfono, recogí mi plato, lo llevé a la cocina y me senté en el sofá. Vanesa no hizo ningún comentario. Llegué a tiempo de ver el parte meteorológico: calor, calor y más calor.

A la mañana siguiente, en la riera, la temperatura alcanzó los treinta y tres grados a la hora del bocadillo. La dos primeras horas dentro de los túneles me habían sentado fatal, me habían parecido más largos, más tenebrosos. No lo soporto más, me dije mientras nos dirigíamos a desayunar al amparo de la sombra que proyectaba el puente de la carretera 340 sobre la riera, si hoy mismo no echamos abajo estas malditas paredes me va a dar un ataque. Los chicos me notaron el mal humor, lo vi en sus miradas.

—Tienes mala cara, Carlos —comentó Fernández arrojando las herramientas y el casco al suelo—. Y sólo son las diez de la mañana.

Nos sentamos en el suelo a dar cuenta de los desayunos. Como era habitual, se pusieron todos a bromear sobre el enorme bocadillo de Fernández, terminaron midiéndolo con una cinta métrica. Fernández los mandó a la mierda. No pude evitar una leve sonrisa y tampoco pude evitar pensar que nos hallábamos exactamente en el lugar en que Altagracia, Miserachs y Sebastián Coto estaban aquel día mirando sus revistas pornográficas antes de que Tiny les preguntara si habían decidido quién se la iba a menear a quién. Volví la cabeza y observé el agujero de acceso a los desagües. Desde aquí nos vieron ellos, calculé. Di un mordisco al bocadillo. Por encima de nuestras cabezas rugían los motores de los coches que circulaban por la carretera.

—Sea como sea tenemos que terminar hoy con estas paredes —dije, masticando—. Estoy hasta los cojones de esta mierda de desagües.

—Pues esta mierda de desagües nos dan de comer —sonrió Fernández.

—Métete las bromas donde te quepan —repliqué.

Y se me ocurrió entonces que si dentro de unos minutos hubiese un derrumbe en el interior de los túneles y Fernández muriera, yo podría recordar al cabo de los años que lo último que dijo fue *pues esta mierda de desagües nos dan de comer.* Como Tiny, que las últimas palabras que le oí pronunciar fueron también de rechifla: ¡Jorge es un asesino de gatos! ¡Jorge es un asesino de gatos! Lo gritó mientras subía corriendo las escaleras de su casa y su hermano lo perseguía sorteando los escalones de dos en dos. Yo, esperando en el portal del edificio a que mis padres contestaran al interfono, escuché cómo Jorge lo insultaba y, posiblemente, le pegaba. Llegué a casa pensando en el gato blanco, en el gato blanco con un ojo azul y otro negro que estaba reventado por dentro y que había tenido una muerte lenta porque nosotros lo habíamos arrojado al vacío desde el balcón de Betu. Con mi padre preguntándome si me había gustado el libro del Mundial 82, y mi madre aconsejándome que lo cuidara, que si lo empezaba a bajar a la calle me duraría cuatro días, me resultó imposible apartar de mí la imagen del gato blanco que había decidido morir frente al garaje de Albert para que sus asesinos tropezáramos con él y cargáramos con la culpa. Las palabras de Tiny, *Jorge es un asesino de gatos*, iban dirigidas en realidad a cada uno de nosotros, incluido él mismo. Durante mucho tiempo me gustó recuperarlas de vez en cuando, decirles a Albert y Betu: Lo último que oí de Tiny fue *¡Jorge es un asesino de gatos!* Me agradaba tenerlas grabadas con tanta claridad. Ellos se echaban a reír y comentábamos que Tiny no podría haberse despedido de este mundo de otro modo que con una de sus guasas. Desde esa última frase hasta que volvimos a tener noticias suyas transcurrieron unas dieciséis horas. A las doce y media del mediodía del día siguiente, sábado, Betu llegó de sus clases de música y nos encontró a Albert y a mí sentados en la calle. Traía tres bolsas de pipas y nos dio una a cada uno. Al cabo de unos minutos apareció Jorge mostrándonos con orgullo el billete de cien pesetas, *Jódete, Altagracia, 1981*, ya forrado con Iron-fix. ¿Qué os parece?, preguntó. Lo observó durante un rato y, finalmente, se lo guardó en el bolsillo del pantalón. Nos pidió un puñado de pipas y, sin apenas hablar, nos dedicamos a masticar y escupir cáscaras sobre la acera. A la una y cuarenta y cinco según los números digitales de mi Casio, la madre de Jorge y Tiny salió por la puerta de su casa visiblemente nerviosa. Al vernos agitó una mano en el aire: ¡Jorge, hijo, ven! Jorge no se movió: ¿Qué pasa? Su madre volvió a agitar la mano: ¡Que vengas, hijo mío, que vengas enseguida! Levantándose, Jorge la advirtió: A comprar no me mandes, ¿eh? ¡Que no se trata de comprar!, replicó ella. Entonces me di cuenta de que estaba llorando. Por ese motivo recuerdo la hora exacta, porque al ver llorar a la señora Consuelo supe que algo terrible había sucedido y sentí la apremiante necesidad de consultar el reloj. Dije: Tiny ya tendría que estar aquí. Mientras Jorge y su madre se metían en casa, Albert y Betu me miraron en silencio. Sale de repaso a las doce y media, añadí, y siempre llega a la una o un poco antes. No dijeron nada, yo tampoco; simplemente, seguimos comiendo pipas con la mirada fija en la puerta de Jorge, esperando noticias, echando ojeadas al cabo de la calle con la esperanza de ver aparecer a Tiny charlando con los árboles o gritando *¡Llega el tío más guapo de la calle!* Pero Tiny no apareció. Quien sí lo hizo pocos minutos después de haberse marchado fue Jorge, seguido de sus padres. Desde la otra acera, con una sonrisa, nos dijo: Han pegado a Tiny. Su padre puso el motor del Renault 9 en marcha y Jorge, subiéndose al coche, añadió: Nos vamos al hospital. Noté el miedo trepándome por las piernas. Ahora vendrán a pegarnos a nosotros, susurró Betu. Lo del hospital era para preocuparse. Que aquellos tres bestias hubiesen mandado allí a Tiny sólo podía significar una cosa: iban en serio. Y decir que Altagracia, Miserachs y Sebastián Coto iban en serio ya era decir mucho, porque cuando no iban en serio te pateaban el bocadillo o te grababan una cruz invertida en la espalda. No pude, o no quise, imaginar qué se les habría ocurrido para saciar su odio, cómo lo habrían descargado sobre Tiny. Ojalá sólo sea una brecha en la ceja, pensé, porque si Tiny estaba grave o en coma o algo parecido, querría decir que pronto lo estaríamos nosotros también, los cinco en el hospital purgando nuestra temeridad. La madre de Betu apareció poco después con el carro de la compra y, con la excusa de ayudarla, Betu se marchó a casa. Albert y yo lo imitamos. Mientras comía sin apenas notar la comida en la boca, les dije a mis padres que Tiny estaba en el hospital porque alguien le había pegado. Si es que vais como locos, dijo mi madre, un día nos darás un disgusto. ¿Y quién le ha pegado?, quiso saber mi padre. No lo sé, respondí, alguien del colegio, supongo. No le dieron excesiva importancia porque quizá se imaginaban que a Tiny se lo habían llevado al hospital para que le hicieran un reconocimiento o, en el peor de los casos, a que le dieran unos cuantos puntos de sutura; no sería, desde luego, la primera vez. Pero claro, ellos no sabían nada de las lágrimas de la señora Consuelo, de la madriguera profanada y el gato blanco reventado por dentro. El mal flotaba a mi alrededor. Algo me decía que se habían terminado las amenazas y los avisos en forma de empujones o cruces invertidas; lo que fuera que le hubiese sucedido a Tiny, no lo íbamos a olvidar jamás. Después de comer me senté frente al televisor a ver el capítulo de *Orzowei*. Ojalá yo fuese tan valiente como él, pensé. Imaginé a Tiny en el hospital, rodeado de médicos y tubos. Dios mío, me dije, nos van a matar a todos. Cuando terminó *Orzowei* me fui a mi habitación, me senté en la cama y me arañé el muslo tratando de imitar la herida que un leopardo le había infringido a Orzowei en una pelea tremenda. Me dolió, pero arañé una segunda vez. Con las uñas de cuatro dedos empecé a trazar cuatro líneas en la piel. Conforme arañaba, el rojo iba subiendo de color hasta que, con una exclamación de dolor, me salté la piel. A Tiny le habrá dolido mucho más, me mortifiqué, y a Orzowei también. Me arañé una vez más, y otra, y otra, hasta que cayó una primera gota de sangre y tuve que apretar tanto los dientes para no chillar que creí que se me iban a romper las mandíbulas. Por la tarde no me atreví a bajar a la calle hasta que Albert y Betu me llamaron por el interfono para decirme que me esperaban en el garaje. Al pasar por delante de la casa de Jorge y Tiny miré las ventanas, todas tenían las cortinas corridas y el Renault 9 de su padre no estaba aparcado en la calle. Levanté la persiana del garaje, entré y la volví a cerrar. Soy yo, dije. Les pregunté si se sabía algo de Tiny y ambos negaron con la cabeza. Betu dice que tiene que ser algo grave, comentó Albert, porque si no ya habrían vuelto. Consulté el reloj: ya hacía casi cinco horas que Jorge se había ido al hospital con sus padres. Coloqué mi Lancia Stratos Le Point en la pista y di unas cuantas vueltas a poca velocidad, sin arriesgar. ¿Por qué no cambiamos el circuito?, propuse, éste ya me lo sé de memoria. Bueno, dijo Albert, hagámoslo muy difícil. Tardamos más de dos horas en desmontar todas las pistas y volverlas a montar. Mientras diseñábamos el tipo de curvas de cada viraje y la longitud de la recta de meta, Albert puso *Eye of the tiger* en el radiocasete y la canción se convirtió en la melodía de la tarde; cuando se terminaba, Betu se levantaba, la rebobinaba y la volvía a poner. Al dar por finalizado el formato del nuevo circuito hicimos las pruebas correspondientes con la inclinación de las pistas, alineamos algunas clavijas para que el suministro eléctrico no fallara y realizamos las primeras pruebas con los coches. ¡Cojonudo!, exclamó Albert lanzando su Porsche Jocavi a toda velocidad. Entre una carrera y otra, como ya oscurecía, nos íbamos asomando a la calle para comprobar si se encendía alguna luz en casa de Jorge y Tiny. No se encendió, y la tarde y las carreras fueron languideciendo. Sobre las nueve de la noche, la madre de Albert golpeó la persiana del garaje para preguntarnos si no pensábamos cenar. Desconectamos el Scalextric y salimos fuera. Miré hacia las ventanas de Jorge y Tiny: seguían a oscuras. Mañana no estaré, se despidió Betu, voy a comer a casa de mi tía de Cervera. En ese momento, cuando ya nos dábamos la vuelta para marcharnos a casa, apareció por la esquina de la calle el Renault 9 de Jorge y Tiny. Me quedé helado, porque, a pesar de la oscuridad y de los faros del coche que me deslumbraban, vi que sólo viajaban tres personas en el interior. Que Tiny vaya tumbado, pensé, por favor. El coche se detuvo junto al bordillo y se abrieron las puertas. La madre de Albert, al reconocer el Renault 9 de los SanGabriel, se acercó al coche. Nosotros no osamos mover ni un músculo. Salió Jorge, cabizbajo, cerró la portezuela y nos miró como si le resultara difícil ubicarnos en la escasa luz de las farolas que iluminaban la acera. Su padre descendió del coche y lo rodeó para ayudar a la señora Consuelo, quien, al parecer, no era capaz de moverse por sí misma. Cuando ella logró abandonar el asiento y levantarse, comprobamos que iba llorando, pero que su llanto, más que llanto, eran lamentos y quejas. La madre de Albert le puso una mano en el brazo y la señora Consuelo, al verla, rompió a llorar: ¡Han matado a mi Chiliquitín!, exclamó, ¡Dios mío, me lo han matado, me lo han matado! Busqué a Jorge con la mirada y vi que se aproximaba a nosotros. Tiny ha muerto, susurró. Tenía los ojos extraviados. Sin agregar nada más, regresó junto a sus padres y los tres se metieron en casa. *Tiny ha muerto.* Cuando pienso en Jorge, en lo introvertido que se volvió a partir de entonces, en su comportamiento agresivo y los problemas que ello le acarreó, siempre me viene a la memoria aquel instante en que dijo *Tiny ha muerto.* No Orejón ni Ore ni O, sino Tiny. Fue la prueba más evidente que algo se había roto dentro de él, algo que ya no volvería a recomponerse. El entierro fue el lunes por la mañana. Yo era la primera vez que acudía a uno, así que en la iglesia me quedé muy quieto junto a mis padres, petrificado en el banco de la décima fila; Albert y Betu estaban en la séptima. Las conté porque había mucho silencio y yo no sabía qué hacer con él. A Jorge lo distinguí a duras penas en la primera, entre su madre y otros familiares. Lo habían vestido como si fuese su Primera Comunión. Cuando arrastraron el ataúd a lo largo del pasillo central, no pude imaginarme a Tiny dentro. Pensé: está vacío. Y luego me dije: sería capaz de levantarse ahora mismo y partirse de risa, sería su broma número uno. La misa fue larga, la ofició el padre Julio, que los martes por la tarde, de tres y media a cuatro y media, nos enseñaba a hacer macramé y cestos de junco en clase de Pretecnología y yo no entendía cómo podía estar hablándonos en ese momento de cosas como el dolor y la muerte de Cecilio SanGabriel, no entendía cómo podía decirnos desde el altar que Dios tendría a Tiny junto a él si al día siguiente se habría quitado la sotana y volvería a explicarnos cómo hacer la torre Eiffel o el *Juan Sebastián Elcano* con palillos. Me sentía como si Tiny no hubiese muerto y el padre Julio nos hubiera congregado en la iglesia para hacérnoslo creer. ¿Por qué lloraba la gente? ¿Por qué lloraba mi madre, si todo era mentira, si Tiny estaba en su clase de repaso? Deseé que la vida fuese otra cosa, otra cosa menos cruel, no aquel despropósito en el que todos moriríamos tarde o temprano. En el cementerio subieron a Tiny a un nicho y, mientras colocaban la lápida y la fijaban, la señora Consuelo se desmayó en los brazos de su marido, que necesitó ayuda para sostenerla. Jorge no se dio cuenta de que sus padres habían estado a punto de caer al suelo, tenía los ojos fijos en los operarios que sellaban el nicho de Tiny con emplastos de cemento, los ojos fijos y la mano aferrada a la de un tío

suyo. Me pregunté si lloraría por Tiny; aunque se pasara el día pegándole e insultándole, se trataba de su hermano pequeño, llevaba su sangre. Yo no sabía si llorar o
no. Albert y Betu aún no lo habían hecho. Resultaba
extraño ver llorar a toda aquella gente, ver llorar a mi
madre, y no sentir ganas de hacerlo, porque Tiny era
amigo mío, era yo quien lo había perdido. Albert, Betu
y yo nos dijimos *hola* a la salida del cementerio y vi algo
indescriptible en sus ojos: miedo, quizás. En apenas una
hora y media nos habíamos deshecho del cuerpo de Tiny,
lo habíamos metido en un agujero y jamás volveríamos
a verlo. ¿Quién de nosotros sería el siguiente? Ya en casa,
pensé: Tiny era el pequeño de los cinco. Al día siguiente, Betu y yo fuimos solos al colegio porque a Jorge lo
llevó su padre en coche. Es raro ir sin ellos, comentó
Betu. Sí, dije. Al llegar al colegio, temiendo la aparición
súbita de Altagracia o Miserachs, no nos separamos hasta
el último momento. No fue hasta la hora del recreo que
pudimos hablar con Jorge. Lo encontramos sentado en
un rincón, junto al muro que delimitaba el recinto del
colegio, en actitud vigilante, y nos acercamos sin saber
qué decirle ni si quería que le dijésemos algo, porque él
no había tratado de alcanzarnos por los pasillos como
hacía cada día, sino que se había sentado en aquel rincón
nada más salir al patio y daba la sensación de que lo único
que deseaba era quedarse allí hasta que el timbre lo obli-
gase a regresar de nuevo a clase. Hola, saludé. Hola, contestó. Mantuvo la mirada en la multitud que corría por
el campo de fútbol y las canchas de baloncesto, la multitud que jugaba en cuclillas a canicas o que, sencillamente, se limitaba a comerse su almuerzo sin hacer nada. Nos
sentamos junto a él a examinar las docenas de caras que
formaban esa multitud: ni rastro de Altagracia o Mise-

rachs. Mataré a esos cabrones, susurró Jorge, los mataré. Me di cuenta de que llevaba unas tijeras en la mano y que las aferraba con tanta fuerza que tenía los nudillos blancos. Pero Altagracia y Miserachs no aparecieron en toda la mañana ni tampoco por la tarde, no aparecieron al día siguiente ni el miércoles, aunque Jorge los estuvo esperando en el mismo rincón durante los recreos, sentado y con las tijeras a punto, los ojos fijos en los rostros y en los pies que chutaban pelotas. El jueves, poco antes del mediodía, el padre Julio entró en el aula doce, interrumpió la clase de matemáticas y pronunció mi nombre. Acompáñeme, dijo. Lo seguí por el pasillo sin tener ni idea de lo que había ocurrido. Me entró tanto miedo que deseé que se tratara de algo relacionado con mis desastrosas calificaciones, que me amonestara y me dijera que era inconcebible que pasara una mosca y me quedase con la boca abierta, que o espabilaba o se vería obligado a concertar otra entrevista con mis padres. Entramos en un despacho de Secretaría y allí me encontré a Betu y a dos hombres muy serios. Siéntate, me dijo el padre Julio, y añadió: Estos dos señores son de la policía y han venido a haceros unas preguntas. Me quedé pasmado. Decididamente, no habíamos venido a hablar de mis notas. Sabemos que Cecilio SanGabriel era amigo vuestro, chicos, dijo uno de los policías, el más joven, sólo queremos saber si tenéis idea de quién pudo hacerle daño. Betu estaba a mi izquierda mirándose las zapatillas deportivas, pellizcándose la entrepierna de los tejanos. Pensé en lo que podría sucedernos si nos chivábamos a la policía, pero estaba tan muerto de miedo que también pensé que, si no colaborábamos, nos llevarían a comisaría y nos harían las mismas preguntas en los calabozos, a oscuras y con luces en la cara, nos darían tal vez algún bofetón. Si contestáis no va a pasaros nada, nos tranquilizó el otro policía, el más viejo, todo es por el bien de vuestro amigo. Pero nuestro amigo estaba muerto, ya no podía hacerse nada por su bien. Sabemos quién fue, dijo entonces Betu. Había levantado la cabeza y las mejillas se le habían encendido, no paraba de pellizcarse los tejanos. Se llaman Bruno Altagracia, Álvaro Miserachs y Sebastián Coto, los dos primeros son del colegio. Los policías y el padre Julio se miraron y asintieron con la cabeza, como si ésos fueran los nombres que habían estado esperando. El policía joven se puso en cuclillas junto a nosotros. El problema, dijo, es que esos tres chicos hace cinco días que no aparecen por sus casas, no los habréis visto por ahí, ¿verdad? Lo primero que me vino a la cabeza fue la posibilidad de que se hubiesen ocultado en su cuartel secreto. Tienen un escondite en los desagües de la carretera 340, informó Betu demostrando tener mucho más aplomo que yo. El policía joven lo miró: ¿Y vosotros sabéis dónde está ese escondite? Asentimos con la cabeza. Me llevo a estos chicos, padre, dijo el policía viejo al padre Julio, usted no se preocupe, ahora mismo enviaremos a alguien para que avise a sus familias. Subimos a un coche negro y partimos a toda velocidad. Cruzamos el centro urbano de Sant Feliu con una sirena que el policía viejo colocó en el techo. En el torbellino de imágenes que me envolvía, pensé: es como en *Starsky y Hutch*. El padre Julio iba sentado en el asiento trasero con nosotros, muy serio. En cuanto enfilamos la carretera 340 y empezamos a saltarnos todos los semáforos, nos dijo: Tranquilos, chicos, no va a pasar nada. Sentí ganas de cogerle la mano y cerrar los ojos, pero no lo hice. Llegamos enseguida. El policía joven frenó en seco y estacionó el coche junto a la baranda de protección de la riera. Al cabo de uno o dos minutos vinieron un coche patrulla de la policía local y una furgoneta de los bomberos. Los bomberos escucharon los requerimientos del policía viejo y dispusieron un sistema de cuerdas a modo de escalera para descender a lo largo de la pared. Vamos, ordenó el policía viejo. En un santiamén estuvimos en la riera los dos policías, un bombero, Betu y yo. Eché de menos a Albert. Vosotros diréis, dijo el policía viejo. Betu les indicó el agujero de la pared con un dedo. A instancias del policía viejo, el bombero cogió a Betu de la mano para que lo guiara y entramos los cinco en el túnel; cinco otra vez. El bombero llevaba una potente linterna que casi conseguía que hubiese la misma luz en el túnel que fuera. Jodidos chavales, resopló el policía viejo trepando al agujero, ¿se puede saber quién coño os mandó meteros aquí? Me estaba empezando a marear, no podía dejar de pensar en Tiny muerto a golpes y encerrado en su nicho, en su espalda llena de latigazos aplastada contra el fondo del ataúd. Sintiendo la fuerte mano del policía joven sobre mi hombro, seguí los pasos del bombero, de Betu y del policía viejo. Tuve el presentimiento de que Altagracia, Miserachs y Sebastián Coto no estarían en su refugio. Quizás habían subido a un tren de largo recorrido y se encontraban ya en Francia o en Italia, o más lejos. Llegamos a la primera bifurcación y Betu, echándome una mirada fugaz, me preguntó: Recto, ¿verdad? Asentí. Recto, dijo al bombero. Parecía como si Albert le hubiese cedido su capacidad de mando o su determinación. Era yo quien debería guiar a la policía allí dentro, aunque no fuese capaz de articular palabra, porque Betu, el día de la venganza, permaneció de centinela en la entrada y no conocía el recorrido hacia aquella madriguera más que por las explicaciones que le dimos nosotros al salir. A partir de ese día vi a Betu de un modo diferente a como lo había visto hasta entonces. Una noche, creo que la de mi decimoquinto o decimosexto cumpleaños, le dije: El día que entramos con la policía en los desagües le echaste un par de huevos, ¿eh? Sí, rió, pero iba cagado de miedo como tú. No sé si era para reírse, pero el whisky nos hizo reír, y yo, mientras reía, veía a las camareras servir bebidas tras la barra y también a los operarios del cementerio echando grumos de cemento rápido en la lápida de Tiny. Cuando Betu se puso al frente de su propia empresa pensé que, de los cinco, era el único que había conseguido levantar algo con sus propias manos, porque los demás, yo el primero, nos ganábamos el sueldo con trabajos que, en el fondo, detestábamos, vivíamos esperando la llegada del fin de semana y cuando llegaba y pasaba vivíamos esperando el siguiente y luego esperábamos las vacaciones de Navidad, las de Semana Santa, las de verano. Cuando venía empachado de lecturas, Jorge solía decir que la vida era simplemente un mal cuarto de hora formado por unos pocos momentos exquisitos. El policía viejo no era tan poético. Cuando ya nos acercábamos al recodo tras el que se hallaba el cuartel secreto, soltó otro juramento y Betu, ya sin mirarme, avisó: Es en aquella bifurcación a la derecha. El policía viejo se colocó delante, le pidió la linterna al bombero y ordenó en voz baja: Caminen cinco metros por detrás de mí. Sacó un revólver y mi mareo se convirtió en un punto de dolor en las sienes; lo único que quería era salir de allí, irme a casa, olvidarme de los dichosos desagües. El policía viejo, empuñando el revólver, desapareció tras el recodo y los diez segundos que tardamos nosotros en llegar a ese punto me parecieron muy largos y muy silenciosos. Al tomar la bifurcación, vi al policía viejo de

pie en medio del túnel, guardándose el revólver y buscando
ya a Betu con los ojos. ¿Es aquí, chico?, preguntó. Betu
se encogió de hombros y el policía me miró a mí. Asentí.
Bueno, suspiró, pues aquí no hay nadie. Nos acercamos
en grupo y me asomé entre Betu y el bombero. ¿Estáis
seguros de que éste es el lugar?, me preguntó el policía
joven. Sí, respondió Betu, estamos seguros. Pues se acabó,
gruñó el policía viejo, aquí no hay más que mierda. Con
un cosquilleo en la nuca contemplé el radiocasete astilla-
do en el suelo, las revistas hechas trizas, las heces de Tiny
sobre el colchón. Bajaré a echar un vistazo, dijo el policía joven. Se adelantó, puso un pie en la escalera y empezó a descender. Puta escalera, masculló. El policía viejo
pisó el extremo de la escalera para que no se moviera
tanto y sonrió: Vázquez, aunque te partas la crisma no
te darán vacaciones en agosto. Sacó un paquete de cigarrillos del bolsillo y el bombero alzó una mano. Mejor
que no fume aquí, dijo. No me joda, replicó el policía
viejo, y, viendo que el bombero se mantenía inflexible,
devolvió de mala gana el paquete a su bolsillo y se inclinó
hacia el agujero para seguir increpando a su compañero.
¡Diré que te rompiste la crisma a propósito, Vázquez!,
exclamó, ¿me oyes? El policía joven lo mandó a paseo y
estuvo unos minutos olisqueando el agujero. Qué asco,
gruñó con una mueca, ¿quién narices vendría a cagar
aquí? No sé la cantidad de veces que nos reímos a lo largo
de los años con ese comentario, pero Betu y yo estábamos muy lejos de la risa mientras sucedía, a años luz, ni
siquiera nos atrevimos a mirarnos. Cuando llegué a casa
mi madre estaba hecha un manojo de nervios. Se había
autorrecetado unas hierbas de María Luisa y una Aspirina y me esperaba sentada a la mesa del comedor con las
mejillas coloradas. ¡Hijo!, exclamó al abrirme la puerta,

¿qué ha pasado con la policía? Nada, respondí. Me fui a la habitación y ella me persiguió: ¡Cómo que nada, cómo que nada!, ¡la policía, Carlos!, ¡cómo puedes decirme que no ha pasado nada!, ¿llevo dos horas temblando para que tú me digas que no ha pasado nada? Hubiera deseado no tener que contárselo, dar un portazo, pero le conté a ella, y por la tarde otra vez a ella y a mi padre juntos, que la policía vino en nuestra busca porque éramos amigos de Tiny. ¿Y cómo sabíais vosotros que esos chicos tenían el escondite allí?, preguntó mi padre. Dudé un solo segundo. Nos lo dijo un compañero de clase de Tiny, dije, uno que se llama Pancho Luna. Esto que le ha pasado a Tiny es horrible, hijo, suspiró mi madre, no me hace ni pizca de gracia que andes solo por ahí. No nos pasará nada, dije. ¿Por qué no cambias de amigos?, casi suplicó, ¿por qué no te buscas a otros que sean como tú, otros que sean tranquilos y buenos y que no se pasen todo el santo día en la calle? A mí me gustan los míos, repliqué, y me gusta estar en la calle. Mi padre levantó la voz: No contestes así a tu madre. Me prohibieron a mí y nos prohibieron a todos permanecer en la calle después de que hubiese oscurecido, no digamos a Jorge, que durante unos días fue y regresó del colegio en el Renault 9 de su padre, tan recelosos y ausentes ambos que jamás se les ocurrió ni a uno ni al otro decirnos a Betu y a mí si queríamos ir con ellos y ahorrarnos la caminata de veinte minutos. La primera vez que coincidimos los cuatro en la calle fue el sábado a media mañana, cinco días después de enterrar a Tiny. Permitieron a Jorge quedarse junto a nosotros mientras su padre limpiaba el coche y lo vigilaba de reojo. No sabíamos qué decirle. Él no decía ni una palabra; simplemente le daba vueltas entre los dedos al billete de cien pesetas forrado con Iron-fix, *Jódete, Al-*

tagracia, 1981, y observaba los movimientos de su padre,
diez o doce metros calle arriba, junto al solar de la esquina. Betu y yo les contamos a él y a Albert lo sucedido con
la policía, y Jorge, saliendo de su letargo, mientras yo
narraba cómo el policía joven había descendido por la
escalera medio rota, susurró: Voy a matar a ese hijoputa de Altagracia, voy a hacer que se trague este puto billete. A mí me vinieron a la memoria las tijeras que llevaba consigo en sus recreos de guardia y me pregunté si
las tendría encima en aquel momento. Recordé también
los libros que lo habían maravillado últimamente, *Extraños en un tren*, *El cartero siempre llama dos veces*, *Carrie*, todos ellos basados en crímenes calculados, y llegué
a la conclusión de que Jorge sería capaz de empuñar las
tijeras y hundírselas a Altagracia hasta el fondo. Cuales-
quiera que fuesen sus sentimientos respecto a Tiny después de su muerte, estaba claro que se había producido
una alteración, un vuelco en el que los demás nos vimos
involucrados sin entender nada; allí sentados, contemplamos a Jorge como si fuese un chico que se acabara de unir
al grupo. Le diré jódete, Altagracia, sentenció con la
mirada clavada en las cien pesetas, y le haré tragar el billete. Para él sacrificar su preciado billete era sin duda un
modo de demostrar que haría cualquier cosa por su hermano pequeño. Supuse siempre que por esa razón nunca
superó su muerte, porque, aunque lo intentó, no pudo
llevar a cabo su propósito y se le quedaron dentro la rabia
y la impotencia. Supe que lo había intentado porque lo
vi con mis propios ojos. Ocurrió el sábado siguiente por
la mañana. Después del desayuno, mi padre me preguntó
si quería acompañarle a la gasolinera a llenar el depósito del coche. Este verano cumples quince años, dijo, ¿qué
tal si hoy te dejo poner ya la cuarta? Así que conduje el

Renault 12 hasta el límite municipal de Sant Feliu a casi setenta kilómetros por hora, imaginando que tenía ya el permiso de conducir en el bolsillo y a mis amigos sentados junto a mí. Ya de regreso, mi padre me comentó que no había estado mal, aunque en su opinión todavía movía demasiado el volante, y me hizo frenar muy cerca del puente bajo el cual se hallaba el sistema de desagües. Ya basta por hoy, dijo. Entonces, al salir del coche para regresar al asiento del copiloto, vi a Jorge apoyado en la baranda de protección de la riera. Volveré andando, le dije a mi padre. Ten cuidado, dijo. Eché a correr hacia donde se encontraba Jorge. Él no me vio llegar. Hola, saludé. Me miró sin sorpresa: Hola. Mi padre detuvo el coche junto a nosotros y bajó la ventanilla: No os quedéis aquí mucho rato, eh, dijo, y arrancó. ¿Qué haces?, pregunté a Jorge. Señaló la boca de los desagües con el billete de cien pesetas y respondió: Esperar. Observé la riera. ¿Esperar qué?, pregunté, y enseguida me di cuenta de que era una pregunta estúpida. Como Jorge parecía dispuesto a quedarse allí hasta la hora de comer, me quedé con él sin saber muy bien por qué. Luego sí lo supe: era mi modo de decirle que sentía la muerte de Tiny, que podía contar conmigo. ¿Has leído algo últimamente?, dije. Negó con la cabeza: Mi padre se ha borrado de Círculo de Lectores. Se encogió de hombros y permanecimos un rato en silencio. El agujero de acceso a los desagües, debajo de nosotros, era una grotesca y contundente forma de recordar que la muerte de Tiny había comenzado allí, siete meses antes, con la estúpida frase *¿ya habéis decidido quién se la va a menear a quién?* Desde entonces siempre he creído que las tragedias comienzan con un hecho en apariencia insignificante, como esa teoría de las alas de mariposa y el huracán, un error, una broma, un desliz que nos lleva a otro error, a otra broma, a otro desliz, hasta que ya no hay modo de detener su avance. Las carambolas que habían terminado con la vida de Tiny eran claras como el agua y fáciles de interpretar. Pero, claro, Tiny ya estaba muerto, así que, ¿de qué servía? De repente, con un hilo de voz, Jorge dijo: Le pegaba en broma. Aparté los ojos de la riera para mirarle. Él seguía con la mirada clavada en el agujero negro, había apretado los labios y los puños sobre la baranda, le temblaba la barbilla: Te lo juro, Carlos, le pegaba en broma... Se le apagó la voz y comprendí que estaba llorando, que una lágrima le caía por la mejilla y que le seguían otras. Me asusté, porque lo de Jorge San-Gabriel no era llorar, y mucho menos por su hermano, ni siquiera lo había hecho en el cementerio; lo de Jorge SanGabriel era leer novelas y después contármelas, poseer el récord del eructo más largo o escribir mensajes en billetes de cien pesetas, pero, ¿llorar?, ¿llorar por Tiny? Volvió la cabeza y me miró con ojos cansados y perdidos: ¿Y tú?, ¿tú le pegabas en broma? La pregunta me alcanzó como una bomba. Sí, respondí evitando su mirada, yo también le pegaba en broma. Cerré los ojos y pensé: es sábado, es sábado, es sábado, como si el día preferido de los Játac, el día reservado para los grandes acontecimientos, pudiera servirme de conjuro. No sabía si aquél era el momento preciso para sentir pena y llorar como Jorge, el momento para unirme a él y aliviar así nuestro miedo, nuestro dolor; el caso es que no lo hice, y volviendo a casa tuve la sensación de haber traicionado la memoria de Tiny. Fue en aquel momento cuando Jorge me dijo que había colocado una fotografía suya en la mesilla de noche: ¿Quieres verla? Era la primera vez que subía a su casa después de la muerte de su hermano.

Su padre apenas levantó la cabeza para saludarnos, estaba sentado a la mesa del comedor, construyendo un molino de viento con ladrillos diminutos, olía a pegamento y a verdura hervida. ¡A comer, Jorge!, gritó la señora Consuelo desde la cocina. Ya voy, respondió él. Entramos en su dormitorio y, al mirar la cama de Tiny, sentí un escalofrío: sobre la almohada habían colocado un ramo de flores. Rocé la colcha de colores con la pierna y fui a sentarme al otro extremo de la habitación, en la silla con la que Jorge intentó aplastar aquel día a su hermano. Las flores estaban frescas, se percibía su aroma. Me pregunté cómo podía Jorge dormir allí dentro. Mira, dijo señalando la fotografía sobre su mesilla de noche. Tiny le dedicaba una mueca a la cámara, la mueca con la que nos provocaba para que le atizáramos. Menudo careto, ¿eh?, comentó Jorge sin apartar la vista de la foto. Asentí: Hubiera podido ganar un concurso de caretos. No nos reímos. Imposible reírse con aquellas flores sobre la cama, con aquellas flores que, según me contó Jorge años más tarde, a punto de alistarse en Infantería de Marina, su madre estuvo colocando religiosamente durante dos años en la misma posición, acomodándolas en la almohada como si arropara a alguien. Tendrías que haberla visto, añadió, traía las flores nuevas y retiraba las viejas como si mi habitación fuese un puto cementerio, mi padre le decía que se dejara de tonterías, que Chilio estaba muerto y los muertos no necesitan las flores para nada, pero ella ni caso, a lo suyo, flores en casa y en el nicho, un dineral en flores. Dos años tardó también la señora Consuelo en desprenderse de la ropa de Tiny, dos años intentando convencer a Jorge de que la utilizara, que era de su misma talla. Creo que me lo dijo un millón de veces, me contó Jorge, un día estuve a punto de meter toda la ropa en un bidón del patio y quemarla, quemar las camisas, los pantalones, las chaquetas, quemar sus libros del colegio, sus libretas de apuntes, sus tebeos, quemar las flores, los estúpidos molinos de viento que montaba mi padre, la invasión de fotos de Tiny por toda la casa, quemarlo todo como hacíamos con las putas lagartijas. La puerta del dormitorio se abrió de golpe. ¡Jorge, a comer!, exclamó la señora Consuelo. Reparó en mí y sonrió: ¿Quieres quedarte, Carlos? El olor de las flores venía ahora, con la corriente de aire, mezclado con el de la verdura. No, gracias, respondí, mi madre ya me habrá preparado la comida. Se retiró y oí cómo le pedía a su marido que quitara el dichoso molino de encima de la mesa. Antes de despedirme de Jorge le pregunté: ¿Esta tarde volverás a la riera? Sí, contestó. Y vi cómo extraía unas tijeras del bolsillo de su chaqueta y las guardaba debajo del colchón. Yo no iría, dije. Nadie te ha pedido que lo hagas, replicó levantándose, me voy a comer. Me sentí fatal. Lo primero que hice por la tarde fue contárselo a Albert y Betu y llamamos los tres al timbre de Jorge. No está, nos dijo su padre, y volvió a meterse en casa arrastrando las zapatillas. De vigilar cuartelariamente a su hijo, de acompañarlo a todas partes como si se tratara de su sombra, el señor SanGabriel y también la señora Consuelo habían pasado a tener con respecto a él una actitud de indiferencia, como si ya no les importara que pudiese sucederle lo mismo que a su otro hijo; sólo mantuvieron la costumbre de ir a recogerlo al colegio. Vamos a los desagües, ordenó Albert. De camino a la riera comentamos los rumores que habían comenzado a circular por el colegio: que si Altagracia y los suyos estaban encerrados en un reformatorio, que si el primo de no sé quién, que era valenciano, había visto a tres chicos muy parecidos a ellos vagabundeando por una estación de Valencia, que si los había atrapado la policía en la frontera italiana. La lista fue primero una relación creíble de posibilidades, pero enseguida se convirtió en un disparate; cualquiera podía inventarse su propia noticia, sólo dependía de la imaginación de cada uno. Se llegó a decir que los tres se habían hecho la cirugía estética y se habían matriculado en otro colegio de Sant Feliu con nombres falsos, o que sus padres los tenían escondidos en casa, ocultos en armarios y cuartos trasteros y que les tiraban la comida por debajo de las puertas. En el Virgen de la Salud se organizaron diversas reuniones entre los profesores y la APA y se diseñó un plan de seguridad para los alumnos que consistía básicamente en tres medidas de urgencia: primero, no ir solo al colegio por las mañanas ni irse solo a casa por las tardes; segundo, avisar inmediatamente si teníamos noticia de los tres desaparecidos, y tercero, un coche patrulla de la policía realizando numerosas rondas alrededor de la escuela. El Virgen de la Salud, de repente, se había convertido en un lugar conflictivo, como el Bronx o el Harlem de las películas de bandas, y yo pensaba que era Tiny quien había provocado todo aquel follón, y que si existía un cielo o algo parecido, él debería de estar riéndose a carcajadas desde allá arriba mientras los alumnos se protegían y su irreconocible hermano Jorge vivía ajeno a los rumores, a las reuniones de la APA y a los coches patrulla. Al llegar a la riera lo encontramos en el mismo lugar donde ya lo había encontrado yo por la mañana. Miraba fijamente la entrada a los túneles y volvía a darle vueltas al billete de cien pesetas; vi la punta de las tijeras sobresaliendo del bolsillo de su chaqueta. Nos quedamos a su lado sin decir nada y también nos quedamos otras tardes, no muchas. Él, en cambio, no faltó ni una sola hasta que, a principios de marzo, el ayuntamiento decidió por fin, ocho o nueve meses después de que el padre de Albert lo hubiese anunciado, tapiar por precaución los túneles interiores y la entrada.

Di un último mordisco al bocadillo y lo dejé a medias; eché un vistazo a los demás para darles a entender que se apresuraran, que lo de derribar ese día las paredes iba en serio. Levanté la cabeza hacia la baranda de protección para observar el punto exacto donde Jorge se instalaba a montar guardia. En el futuro yo habría de pensar a menudo en la suerte que tuvo de que Altagracia, Miserachs y Sebastián Coto no apareciesen finalmente por allí uno de aquellos días, porque Jorge les hubiese clavado las tijeras sin ninguna duda y habría terminado quizás en un reformatorio de menores. Esa violencia que se le quedó dentro fue la que expulsó después en sus altercados pueriles y absurdos mientras nosotros no sabíamos qué hacer para contrarrestarla; al final lo dejamos por imposible y, en el fondo, fue un alivio para todos que se marchara a Zaragoza. Y supuse que para él también, porque a partir de entonces, cuando nos reuníamos, parecía más relajado, como si la distancia le causara un efecto tranquilizador.

Nos levantamos estirando los músculos y apretándonos los riñones. Noté una punzada en el estómago, de dolor o de angustia, de desazón. Se me antojaba ya poco menos que retorcido que el destino me hubiese traído de nuevo a los desagües a rememorar el pasado, que veinte años después la vida me utilizara precisamente a mí para reactivar los túneles y terminar así de modo simbólico con la desgracia que nos sobrevino en su interior. Y se me antojaba asimismo retorcido que el destino lo hiciera precisamente cuando Vanesa y yo pasábamos por

nuestros peores momentos. Recogimos las herramientas
y nos dispusimos a entrar otra vez en la penumbra de los
desagües.

—¿Te encuentras bien? —me preguntó Fernández.

—No te preocupes. Son cosas mías.

Caminé hasta uno de los bidones llenos de agua y me
mojé la cara y el pelo. Mierda de túneles, pensé, y apreté las mandíbulas para coger fuerzas. *¿Ya habéis decidido
quién se le va a menear a quién?* Me agarré al bidón. Los
demás estaban entrando ya en los desagües, pero mis
piernas se negaban a ir tras ellos. Respiré hondo, algo me
impedía respirar bien, como si fuese a marearme. Noté
una arcada repentina y vomité el almuerzo junto al bidón. Al verme vomitar, los demás se acercaron. Fernández me dio unas palmadas en la espalda:

—¡Joder, Carlos!

Me sentaron a la sombra del puente y cerré los ojos.
Me aconsejaron entre unos y otros que me fuera a casa
o al médico. Les contesté que estaba bien, que sólo me
había sentado mal el bocadillo y que me recuperaría en
un par de minutos. Era mentira. Yo sabía que no me iba
a recuperar en un par de minutos, no mientras siguiera
en pie la pared que conducía a la madriguera de Altagracia, Miserachs y Sebastián Coto. Me hubiese marchado
a casa en aquel mismo instante, me habría dado una ducha y me habría acostado en la cama a dormir doce horas seguidas, pero apenas podía soportar ya el deseo de
echar abajo aquella pared, la número nueve.

La visión de mis propios vómitos, de la puntera de
uno de mis zapatos impregnada de pan y queso sin di-
gerir, de la forma en que me miraban los compañeros, me
hizo comprender que iba a saltarme las razones de seguridad y desestimaría los consejos de los técnicos de de-

jar aquella pared para el final. Supe que lo haría y también supe que no podría evitarlo, como cuando orinaba en los portales de los edificios o arrojaba piedras a los trenes: saber que se trataba de una idiotez, de una imprudencia, no me impedía llevarlo a cabo. Me pregunté si estaba con ello dispuesto a arriesgar la vida de mis compañeros, si estaba dispuesto a asumir esa responsabilidad, y me dije que todo aquello era una pura exageración de los técnicos: no se iba a hundir una estructura como aquélla sólo porque en lugar de echar abajo primero la pared número ocho y luego la número nueve, lo hiciésemos a la inversa. ¡Sólo son unos tabiques de mierda, coño!, me dije. Respetar el orden de derribo significaba posponer para el jueves o el viernes el derrocamiento de la pared número nueve. Ello en caso de que todo fuese según lo previsto, porque no quería ni imaginar qué sucedería si cualquier contratiempo dentro de los túneles retrasara la operación hasta el lunes. No me veía capaz de soportar otro fin de semana.

Me incorporé y me mojé de nuevo la cara con agua del bidón.

—Vamos, Fernández —dije—, agarra el mazo.

—¿Seguro que estás bien? —preguntó.

Unos días antes de que levantaran aquellas paredes que Fernández iba echando abajo desde hacía más de una semana, el padre Julio, en el aula de Pretecnología, nos aconsejó que, si andábamos escasos de ideas para realizar nuestros trabajos de marquetería, fuéramos a la biblioteca del colegio porque allí encontraríamos libros de trabajos manuales que nos inspirarían. A mí el padre Julio me caía bien, a pesar de que con los años nunca pude recordarlo de otra manera a como lo vi en la iglesia el día que enterramos a Tiny, muy alto él y muy erguido, vestido con sotana y estola y diciéndonos que Dios se había llevado a nuestro amigo al reino de los cielos. Por más que me esforzaba no lograba rescatar de la memoria ninguna imagen nítida de sus jerséis de lana o sus tejanos: sólo me venía a la cabeza allí de pie en el altar, con el Cristo crucificado al fondo, arrojando agua bendita sobre el ataúd de Tiny y pidiéndole a los ángeles que viniesen a custodiarlo. Cuando me dijeron que había tenido un romance con una estudiante del colegio y que se había ido a vivir con ella, me alegré por él. Era un tipo divertido y dialogante que no encajaba con aquel apolillamiento religioso del Virgen de la Salud ni tampoco como profesor de Pretecnología, una asignatura que a mí me parecía una absoluta pérdida de tiempo. Me preguntaba de qué me serviría en la vida una torre Eiffel de palillos o un cesto de macramé con una maceta dentro, si yo lo que quería era ser médico o bombero. Por supuesto, prefería Pretecnología antes que Matemáticas o Ciencias Sociales, antes incluso que Plástica, pero ello no representaba ningún consuelo cuando el padre Julio proponía los trabajos de cada evaluación. El trabajo de aquella evaluación consistía en realizar un objeto, el que se nos antojara, con maderas finas y cola de carpintero. El padre Julio nos mostró algunos ejemplos hechos por él mismo a lo largo de los años y, bueno, no sé si pretendía animarnos o desmoralizarnos, pero el caso es que pensé que yo jamás podría realizar nada que se le pareciera lo más mínimo, ni siquiera para obtener el *suficiente* con que yo aprobaba siempre Pretecnología. Y cuando digo *siempre* me refiero a *siempre*. Llegó un momento, creo que en sexto, en que decidí que el mérito ya no consistiría en superarme, sino en ser capaz de obtener otro *suficiente*, como cuando nos apostábamos veinticinco pesetas a que éramos capaces de chutar el balón al poste tres veces seguidas. Yo, en Pretecnología, apostaba conmigo mismo, lo convertía en un reto personal. Acabé desarrollando una técnica de precisión que me permitía dedicar el menor tiempo posible a la confección de cuantos cachivaches se le iban ocurriendo al padre Julio: cometía imperfecciones lo bastante importantes para no merecer un *bien*, pero también lo suficientemente livianas para no ganarme un *insuficiente*; en fin, una cuestión de equilibrio. Aquella tarde, en cuanto el padre Julio dijo *Podéis empezar*, me quedé en blanco. Estuve varios minutos pensando en el objeto que podría montar con la madera, pero no hubo forma de que se me ocurriera nada decente; o eran muy difíciles o eran una estupidez. Esta vez no lograré ni el *suficiente*, pensé. Fue entonces cuando el padre Julio, al descubrir a la mitad de la clase mirando dubitativamente las minisierras y los potes de cola sin abrir, sugirió lo de la biblioteca, sugerencia que a los indecisos nos sonó a salvación. Ahora leo y compro libros a menudo, pero en aquel momento, en octavo de EGB, los libros significaban tanto para mí como las ecuaciones de primer grado o el destino final de las tropas de Napoleón en las estepas de Rusia; para disfrutar de las historias ya tenía a Jorge. De modo que no podía imaginar lo que iba a depararme aquella visita a la biblioteca. Ni en mil años. Como a ella llegamos en tromba quince o veinte chicos, nos vimos obligados a guardar turno para que la bibliotecaria, la señora Alcántara, a quien llamábamos La Sapo por la forma de su cara y sus ojos saltones, pudiese atendernos de uno en uno. Yo llegué el séptimo, así que mientras esperaba mi turno, me di una vuelta entre las estanterías de Ficción, que era donde nos mandaban a buscar libros de Azorín, Cervantes, Valle-

Inclán o Camilo José Cela para hacer aquellos comentarios de texto que yo aborrecía. Como nunca era capaz de leerme más de treinta o cuarenta páginas, tuve que especializarme en pedir los dichosos comentarios de texto a los compañeros para copiármelos, la única forma de evitar el suspenso. En uno de los estantes me saltó a los ojos *El doctor Jekyll y míster Hyde* y pensé automáticamente en Jorge, que desde la muerte de Tiny ya no era dos personas en una, sino tres. La última: un desconocido silencioso metido en su mundo. Le llevaré una novela, me dije.

Quizá si recuperara su hábito lector podría relajarse de nuevo, olvidarse de esa desquiciadora y fatigosa vigilancia a la que se entregaba durante los recreos en el colegio y por las tardes en el puente de la carretera 340. Pero ¿qué libro iba a elegir? Había miles. ¿Cómo podían existir tantos libros? Traté de recordar alguno que le hubiese gustado mucho últimamente para llevarle uno del mismo escritor. *Carrie*, pensé, dijo que iba de una venganza de la hostia. El autor se apellidaba King, había olvidado el nombre. Me dirigí a la letra K, repasé los lomos de los libros con la yema del dedo. *King, Stephen.* Me detuve y me incliné hacia delante. *Carrie*, *El misterio de Salem's Lot*, *El resplandor*, *El cuerpo.* Cogí este último y leí el resumen de la contraportada. Iba de cuatro amigos. Ahora nosotros también somos cuatro, pensé. Ya ni siquiera podíamos mantener el nombre que nos había distinguido. ¿Qué se podía hacer con una J, una A, otra A y una C? ¿CAJA? ¿JACA? ¿AJCA? Menudo disparate. ¡Te toca!, me gritó alguien. Apreté los dedos en torno al libro y eché a correr hacia el mostrador, donde La Sapo me esperaba con sus ojos como platos. Organizó dos grupos con los chicos que quedábamos en la biblioteca, entregó un libro de marquetería a cada grupo y nos pidió que lo hojeáramos allí mismo. Entre las páginas comenzaron a aparecer diversos objetos que yo veía inalcanzables para mí, hasta que vi una serie de figuras de perfil, una orca, un balón de fútbol, un payaso..., a las que habían practicado un agujero en la parte superior para convertirlas en llaveros. Ya lo tengo, dije, haré llaveros. Tres o cuatro compañeros optaron por lo mismo. Me acerqué a La Sapo y le dije que también me llevaba la novela de King. A las cinco y media, al salir de clase, me fui al encuentro de Jorge para darle la novela antes de que se montara en el coche de su padre y desapareciera, pero al llegar al primer piso del edificio Pancho Luna me salió al paso y, muy asustado, me soltó de carrerilla: Hoy han visto a Altagracia, a Miserachs y a Coto en Los Pinos. ¡Anda ya!, recelé. Por aquella época, si no querías volverte loco, tenías que hacer caso omiso de los rumores que circulaban por los pasillos; quizás algunos lo encontraban divertido, pero a mí me enfurecía. Déjame en paz, le dije a Pancho Luna apartándolo con el brazo. ¡Te lo juro, tío!, insistió, ¡estaban en Los Pinos! Bajé las escaleras a toda velocidad y salí a la calle. Divisé el Renault 9 de Jorge en el sitio habitual, su padre estaba sentado al volante mirando hacia el colegio. Me senté a esperar. A las seis menos cuarto, Jorge todavía no había aparecido. Subí corriendo a su aula y la encontré vacía. Regresé otra vez a la calle: el Renault 9 seguía allí, pero el padre de Jorge había salido del coche y se acercaba a la escuela. Me aparté de su trayectoria para que no me viese. Entró en el edificio y se dirigió a Secretaría. Eché un vistazo a mi alrededor. La coincidencia del rumor de Pancho Luna con la ausencia de Jorge tenía muy mala pinta, era uno de esos pequeños detalles que acaban en tragedia. El padre de Jorge salió poco después del edificio a la carrera, blanco como el papel, acompañado por el padre Julio. ¡Ya hemos avisado a la policía!, le decía el padre Julio, ¡déjeselo a ellos, váyase a casa por si su hijo se dirige allí! Pero el padre de Jorge no le escuchaba, sólo repetía: Mi Jorge no, mi Jorge no, mi Jorge no. Montó en el Renault 9 y partió haciendo chirriar las ruedas. Me entró tanto miedo que, durante unos segundos, no fui capaz de moverme del rincón en el que me había escondido. La llegada del coche patrulla me hizo reaccionar. Esperé a que los dos agentes entraran en el edificio y entonces eché a correr. Salté a la acera y seguí corriendo con una idea fija: la riera, la riera, la riera. Sentía rebotar la cartera de los libros contra mi espalda, las suelas de goma de mis zapatillas deportivas contra el suelo. ¿Y si, por una vez, el rumor de Pancho Luna resultaba ser cierto? ¿Y si mataban a Jorge? Crucé el pueblo a la carrera, notándome los pulmones y las piernas a punto de explotar. No pares, me decía, no pares, ya le fallaste a Tiny, no vuelvas a fallar ahora. Corría con la boca abierta en busca de aire. La gente me observaba con curiosidad y alarma cuando los esquivaba como en una carrera de obstáculos. Tomé la carretera 340. Al cabo de unos minutos, vi el puente a lo lejos; un poco más y habría llegado. Escuché una sirena y volví la cabeza: por la carretera venía un coche patrulla que me adelantó a toda velocidad en dirección a la riera; en el asiento trasero me pareció ver la figura del padre Julio. Segundos después, el coche desconectó la sirena y se detuvo junto al puente. Por un acto reflejo, mis piernas dejaron de moverse y mi loca carrera se vio reducida a una marcha cautelosa; el pecho, a base de pinchazos, me subía y me bajaba sin control y aparecieron puntitos blancos en mi visión. Iba a desmayarme. Pero continué andando, sintiendo los tobillos como llenos de cristales. Las portezuelas del coche patrulla se abrieron y tres figuras se acercaron a la baranda de protección de la riera, donde divisé, con alivio y estupefacción, la figura de Jorge, del centinela Jorge, que seguía vivo y a salvo y cuya obsesión por ajustarle cuentas a Altagracia comenzaba ya a ser preocupante. ¿Qué vendría después de hacer novillos? ¿Irse a vivir a la riera, debajo del puente? Me detuve a unos cincuenta metros de ellos y observé cómo el padre Julio le pasaba a Jorge un brazo por los hombros y lo acompañaba hasta el coche patrulla. Ya sin sirena ni luces, el coche reculó, dio la vuelta y enfiló la pendiente que llevaba a nuestra calle. Me senté un instante en el suelo, completamente agotado, y apoyé la espalda en la fachada de un edificio, cerré los ojos. Me pregunté hasta cuándo iba a durar aquello, hasta cuándo tendríamos que estar pendientes de si aquellos tres locos se acercaban a nosotros o estaban esperándonos a la salida del colegio. Ojalá no aparezcan nunca más, pensé, ojalá estén muertos, caídos por un precipicio, atropellados por un tren francés o italiano. Oí voces y abrí los ojos: un grupo de chicas, vestidas con el uniforme de las monjas Mercedarias, cruzaba entre risas la carretera. Las observé hasta que desaparecieron carretera abajo. Dejé pasar el rato, no me sentía con fuerzas para levantarme. Me habría quedado allí no sé cuánto si en un momento dado, al notar la caída del sol, no hubiese consultado el reloj: las seis cuarenta y cinco. Pensé en mi madre y me puse en pie de un salto: hacía más de media hora que tendría que haber llegado a casa. Estaba aún muy reciente la visita de aquel policía local diciéndole que no se preocupara por su hijo, que estaba colaborando con la policía en el caso de Cecilio SanGabriel, y no quería que se alarmara innecesariamente. Cuando llegué a mi calle, el coche patrulla que había acompañado a Jorge ya había desaparecido. Eché un vistazo a la ventana de la habitación de Jorge: tenía la luz encendida. Tengo que darle la novela, recordé. Pero en lugar de ir a su casa me fui a la mía y luego a la de Albert. Hoy he soñado con Tiny, me dijo Albert. ¿Y qué hacía?, le pregunté. Nada, contestó, sólo me miraba. Estuvimos un rato en su habitación sin saber qué hacer, hojeando tebeos, hasta que su padre apareció de repente mordisqueando lo que me pareció un pedazo de queso. ¡Tú!, dijo señalando a su hijo con el queso, ¡si tienes que estar aquí mirando las musarañas, mejor bajas y me ayudas! Joder, protestó Albert. ¡Ah, cojones!, exclamó su padre saliendo ya de la habitación, ¿te crees que yo no me quedaría aquí mirando la puñetera tele? A mí me maravillaba que a Albert no lo riñeran por decir tacos, que incluso su padre los dijera delante de él y a todas horas. Mis padres eran enemigos absolutos de ellos, me refiero a los tacos, sobre todo mi madre, que ni siquiera soportaba palabras como hostia o joder. Si yo decía en casa *joder* como lo había dicho Albert, tenía que soportar el habitual *habla bien, Carlos* o *¿qué es ese vocabulario?*, como si los tacos te convirtieran en una mala persona o algo parecido. Acompañé a Albert al garaje y permanecí sentado entre herramientas y piezas de recambio mientras él le iba pasando llaves y destornilladores a su padre. Albert comenzó a trabajar como aprendiz de mecánico después del servicio militar en un taller de Sant Feliu y un año más tarde, por las noches, ya se ganaba un sobresueldo reparando los coches de nuestros padres y después los nuestros cuando los tuvimos: mi Ford Fiesta, el Renault 5 de Betu, el Citroën AX de Jorge. A veces le hacíamos compañía y nos maravillaba que fuese capaz de trabajar durante tantas horas, incluso algunos sábados. Una tarde que le cambiaba el aceite al coche de Betu, nos dijo: Vamos a hacer reformas en el garaje, vamos a poner un elevador. Eso significaba que iban a reconvertir el sótano. Lo digo por las pistas de Scalextric, añadió. Las pistas llevaban años empaquetadas en un rincón, nadie las había tocado desde entonces. Llevaros cada uno las vuestras, dijo, están marcadas con vuestros nombres. Nadie lo hizo, nunca he sabido por qué. Así que supongo que terminaron en la basura, como también debieron de terminar los coches, mi Lancia Stratos Le Point, porque el elevador se instaló y nadie volvió a ver las pistas ni tampoco preguntó por ellas y Albert continuó reparando coches a horas intempestivas de la noche, cuando los demás estábamos tomando algo por ahí o ya cenando. Dejó de hacerlo seis o siete años después. Estoy hasta los huevos, dijo. Abandonó el taller de Sant Feliu donde lo había aprendido todo y consiguió un empleo fijo en un taller oficial de Ferrari, en Barcelona, donde empezó a ganarse muy bien la vida. El día que me casé y me dijo *tío, si yo fuese fotógrafo, hoy te haría unas fotos de primera, de lo guapo que vas*, me pregunté si acaso era mecánico porque también lo fue su padre, igual que yo me dedicaba a lo mío porque mi padre fue también empleado del departamento de obras públicas. Aquella tarde, cuando terminó de ayudar a su padre, se lavó las manos y bajamos al sótano. Nadie se había preocupado aún de recoger del suelo el Chaparral Standard destrozado de Tiny, seguía en el mismo rincón donde Jorge lo había arrojado de una patada y aplastado después a pisotones. Habría que hacer algo con su coche, comentó Albert. Está roto, dije. Me acerqué al rincón y recogí la carrocería aplastada, un alerón roto, las ruedas. Me senté de nuevo junto a Albert y traté de juntar todas las piezas del coche como si montarlo fuese todavía posible, pero la carrocería no encajaba con el chasis y el alerón y las ruedas habían perdido sus puntos de sujeción. Me sentí como si estuviera tratando de recomponer a Tiny o ayudándolo a levantarse del suelo después de recibir los golpes mortales de Altagracia, Miserachs y Sebastián Coto, como si se me concediese la oportunidad de salvarlo de la muerte. Imaginé una voz de concurso de televisión: si monta usted el coche, Tiny SanGabriel volverá a la vida. No podrás montarlo, dijo una voz real, la de Albert. Ya lo sé, respondí. Pero no solté los trozos del coche. Le pregunté a Albert: ¿Tú crees que Altagracia está muerto? Se encogió de hombros y, mirando cómo la carrocería del Chaparral Standard daba vueltas en mis manos, contestó: Ojalá. Se levantó, subió al garaje y regresó con una pequeña caja de herramientas. Dame el coche, dijo. Le di la carrocería, las ruedas, el alerón roto, y él colocó todas las piezas en el suelo, las tocó, las cambió de sitio, las observó fijamente. ¿Vas a montarlo?, pregunté. Oyó la pregunta, pero no respondió, sólo permaneció en silencio examinando las piezas rotas. Poco después extrajo de la caja de herramientas un destornillador, unos alicates diminutos, cinta aislante y un tubo de pegamento especial. No sé qué prestigio tendrá ahora Albert como mecánico, pero aquella tarde, reparando el Chaparral Standard de Tiny, me pareció el mecánico más hábil del mundo, el mejor. No sólo rearmó la parte externa del coche, carrocería, alerón y ruedas, sino que también fue capaz de devolverle la vida al motor. Cuando lo colocó sobre una de las pistas y vi cómo el coche, renqueante, se ponía en movimiento, dije casi sin pensarlo: Si lo viera el Ore... Albert y yo sonreímos. Desde luego, el Chaparral Standard no pudo volver a competir, porque a veces se detenía sin más, sobre todo en las subidas, y la bobina del motor se calentaba con rapidez, pero el hecho de que pudiera moverse de nuevo nos hizo sentir bien, como si realmente hubiésemos hecho algo útil por Tiny. Supongo que también terminó en la basura, como los demás, no lo sé. Sólo sé que ahora me gustaría conservarlo, tenerlo a mano, porque repararle a Tiny su coche de Scalextric fue, me di cuenta años después, el único detalle que los Játac tuvimos con él, la única vez que nos pusimos en serio a hacer algo por su bien. Al cabo de un rato me entraron ganas de ir a casa de Jorge a contarle lo que habíamos hecho con el coche de su hermano y también a darle el libro de Stephen King, así que le dije a Albert que, como ya se estaba haciendo tarde, me iba a hacer unos deberes de matemáticas. Era la primera vez que le mentía. Salí a la calle, subí a casa y cogí de la cartera un par de libros y la novela que había sacado de la biblioteca. ¿Dónde vas ahora?, me preguntó mi padre. Le contesté que iba un momento a casa de Jorge porque necesitaba consultar unas cosas en una enciclopedia muy buena que tenía su padre. Nunca una mentira tan simple me hizo sentir tan culpable meses más tarde, en agosto, cuando mis padres, para mi decimoquinto cumpleaños, me regalaron una enciclopedia de veintidós tomos que debió de costarles, como mínimo, la paga de verano de mi padre. Me afectó tanto que, aún hoy, cuando la utilizo para consultar alguna palabra, siento que los obligué a comprar algo que de ningún modo se podían permitir. ¡No tardes!, exclamó mi madre cuando yo ya salía, ¡que he empezado a preparar la cena! Me abrió la puerta la señora Consuelo, hecha un manojo de nervios y los ojos llorosos. ¡Ay, Carlos, que un día me vais a matar de un disgusto!, exclamó. Imaginé en el acto lo que habría supuesto para ella abrir la puerta y encontrarse con el coche patrulla detenido frente a su casa. Los segundos que probablemente tardó en descubrir que no había sucedido nada grave, que el padre Julio traía a Jorge cogido de la mano, debieron de ser suficientes para verse otra vez de luto por el último de sus hijos. ¡Cuándo vais a dejar de hacer el tonto!, añadió dejándome en el recibidor y marchándose a la cocina. Cerré la puerta y me dirigí a la habitación de Jorge. Estaba sentado en su cama, cabizbajo, tenía las tijeras en la mano, jugueteaba con ellas. ¡Un disgusto me vais a dar!, exclamó de repente la señora Consuelo a mi espalda, dándome un susto tremendo, ¡a quién se le ocurre faltar al colegio! Dio media vuelta y se alejó. Acto seguido la oí trastear en la cocina o en otra habitación, hablando consigo misma: A saber por dónde estará con el coche, mira que si le pasa algo, ay, Dios mío, mira que... Cierra la puerta, me dijo Jorge sin levantar la cabeza y con una voz gutural, como si tuviese una piedra en la garganta, mi padre aún no ha vuelto y está histérica. Obedecí. Se va a liar una buena, comenté. Me importa una mierda, replicó. No tenía buen aspecto, parecía a punto de caer enfermo. Las tijeras entre sus dedos hacían *clic clic clic*, cortaban el aire. No vi el billete de cien pesetas por ningún sitio. No sabía cómo decirle lo del coche de Tiny, se me ocurrió que sólo conseguiría ponerlo triste. Te he traído una novela, dije, va de unos amigos que se escapan de casa. Alargué el brazo con el libro. Se titula *El cuerpo*, añadí, es de ese escritor que escribió *Carrie*, la de la niña que movía las cosas con la mente. Levantó la mirada por primera vez y la fijó en la novela. Como no hizo ademán de cogerlo, se lo acerqué un poco más. Léetelo tú, dijo, yo no tengo ganas. Mantuve quieto el brazo. Lo he cogido para ti, dije, como

tu padre se ha borrado de Círculo de Lectores, pensé
que... ¡Que te lo leas tú, coño!, exclamó. Se le cayeron las
tijeras sobre la colcha y las recogió con un gesto de rabia. *Clic. Clic. Clic.* El ramo de flores seguía en la cama
de Tiny, bien colocado sobre la almohada. Me sentí idiota, incapaz de decir nada apropiado. ¿Cómo podía estar
pidiéndole que leyera una novela si se le había muerto un
hermano? No me gustaba el silencio, me ahogaba. La
señora Consuelo entró en la habitación y dejó un vaso
en la mesilla de noche de Jorge. Al seguir sus manos me
encontré con la fotografía de Tiny, la mueca quedó difu-
minada tras el humo del vaso. Tómate otra tila, Jorge, dijo
la señora Consuelo, te calmará. Se volvió hacia mí: ¿Quieres quedarte a cenar? No, gracias, respondí, es que mi
madre ya está preparándola. Se marchó y oí cómo abría
la puerta de la calle. Los SanGabriel tampoco tenían teléfono, así que lo único que cabía hacer con respecto al
padre de Jorge era esperar. A través de la ventana vi cómo
la señora Consuelo comenzaba a caminar arriba y abajo, de una acera a otra; estaba oscureciendo y se había levantado un viento que tiraba con fuerza de su vestido.
Quiero decirte una cosa, Carlos. La voz de Jorge me llegó
como flotando, como flotan las sirenas de los barcos a lo
lejos. Qué, dije. No me miraba, miraba las tijeras, el *clic
clic clic* con el que cortaba cosas imaginarias. Permaneció callado unos segundos, como si se hubiese arrepen-
tido u olvidado de lo que iba a decirme, apretaba los labios y le caían lágrimas de los ojos. Empecé a asustarme.
Va a decirme que ha matado a Altagracia, pensé, va a decirme que le ha clavado las tijeras hasta el fondo. He
perdido el billete de cien pesetas, dijo, lo he perdido.
Encogió los hombros con resignación y yo me sorprendí
pensando que no era eso lo que quería decirme, seguro

que no se trataba de eso. *Clic clic clic.* El viento cerró de golpe la puerta que la señora Consuelo había dejado abierta al salir. Di un brinco. Haría cualquier cosa para que Tiny volviese, dijo entonces Jorge, te lo juro, Carlos, haría cualquier cosa, me mataría yo. Se me hizo un nudo en la boca del estómago. Sueño cada noche con él, prosiguió enjugándose las lágrimas con la manga del jersey, unos sueños rarísimos en los que no dejo de pegarle, le pego una y otra vez, está muerto y sigo pegándole. Miré las flores y pensé lo absurdo que era sentirse orgulloso de haber reparado el coche de Tiny, lo estúpido que yo había sido al creer que habíamos hecho algo por él. No habíamos hecho nada, sólo era un puñetero coche de juguete.

Fernández abría la marcha a lo largo del túnel, mazo en mano y rozando las paredes con los hombros. Yo iba inmediatamente detrás de él, dispuesto a reventar la pared número nueve del túnel que me llevaría de nuevo a la madriguera de aquellos tres. Se me había pasado lo suficiente el mareo y el dolor de estómago para poder caminar, pero ahora sentía una fuerte presión en la cabeza. Los muros y los techos combados de los desagües recortaban el aire, el movimiento. Lo echaría todo abajo a patadas, aunque ello significara pasar por alto las normas de seguridad. Como diría Jorge: ¡a la mierda la seguridad! ¡A la mierda si no soy capaz de arriesgarme en estos malditos túneles! Jamás olvidaré aquella tarde en su casa, el dolor que había en sus ojos al confesarme que haría cualquier cosa por su hermano.

Dos semanas después el ayuntamiento tomó la decisión de cerrar de forma definitiva el sistema de desagües y eso puso fin, para alivio de todos, a las guardias de Jorge, que a partir de ese día y gracias al psicólogo infantil al que acudieron sus padres, inició un lento proceso de mejoría y regresó a la normalidad, a una normalidad poco normal, desde luego, ya que, aunque volvió a sus eructos de nueve palabras y a sus lecturas, no recuperó, por ejemplo, su manía de contarnos las novelas ni su afición a escribir en los billetes de cien pesetas. Era como si parte de él se hubiese quedado en la consulta de los médicos que querían curarlo, dentro de carpetas e informes, encajonado dentro de archivadores de metal. ¿Y ese médico qué te hace?, le pregunté una tarde. Nada, dijo, me pregunta cosas y yo le contesto. Le miré y añadí: Mi madre le dijo el otro día a mi padre que vas porque tienes problemas psicológicos. Pensé que se enfadaría con mi madre por haber dicho eso, pero sólo se encogió de hombros. Dado que Altagracia, Miserachs y Sebastián Coto continuaron sin aparecer, también perdió la costumbre de montar guardia en los recreos y dejó de pronunciar el nombre de su hermano. Pero el dolor que evidenció en aquella época de novillos y tijeras nos afectó a todos y se nos quedó impregnado en el cuerpo como un mal olor, su sentimiento de culpa también, y la consecuencia fue que Albert, Betu y yo tardamos muchos años en hallar la forma de recordar a Tiny sin sentirnos mal, aunque fuese a costa de ocultar ciertas cosas que nos avergonzaban. Aquella ligera mejoría que experimentó Jorge a partir de aquella tarde, se truncó definitivamente cuando cumplió dieciocho años. Supongo que gran parte de la culpa la tuvo la llegada de la cerveza, del vodka con Coca-cola y del whisky, de los cigarrillos y las chicas. Los Játac comenzaban a desmembrarse, a disolverse, y él no supo encontrar una continuación sin nosotros. El caso es que una noche coincidimos con Pancho Luna en la barra de una discoteca de Barcelona. ¡Eh, tíos, cómo va!, nos gritó, y nos invitó a una copa. La aceptamos y empezamos a hablar del Virgen de la Salud, del padre Julio, de La Sapo. Era un tipo realmente divertido. Nos dijo que trabajaba en un programa de radio. Imitó a famosos, sonrió. Y cantó como Julio Iglesias y Roberto Carlos, y luego habló como Valdano, como Cruyff. Nos partimos de risa. ¡Soy un payaso!, exclamó, y entonces le dio un codazo a Jorge, que se reía como el que más, y le dijo: ¡Como tu hermano, eh, SanGabriel, un payaso de cuidado, estaba más loco que una cabra! Lo dijo en broma, por supuesto, habían transcurrido más de cuatro años, estábamos borrachos y la música *spaguetti* nos tronaba en los oídos, pero a Jorge se le saltaron los plomos. Una vez más, como en los viejos tiempos, le adivinamos la intención dos segundos antes de que la manifestara, pero no fuimos lo bastante rápidos para evitarla, imposible serlo a aquellas horas de la noche. Sin mediar palabra, levantó el brazo y estrelló su botella de cerveza en la cabeza de Pancho Luna, que cayó redondo al suelo sin dejar de sonreír. Los guardias de seguridad de la discoteca nos llevaron en volandas a la calle y nos arrojaron a la acera. ¿Qué cojones te pasa?, le preguntó Albert a Jorge ya en el coche. A Jorge le brillaban los ojos: Ese hijo de puta le chivó a Altagracia que el del linternazo fue Tiny, ¿no os acordáis? Nos quedamos mudos. Pensé en esos soldados de las películas de la guerra de Vietnam, que años después de haber vuelto a casa disparaban a la gente porque les miraban mal o se les colaban en la cola del supermercado. A Jorge sólo supimos decirle que se dejara de tonterías, que eso había ocurrido hacía mucho tiempo, pero él contestó que se sentía orgulloso de lo que había hecho y que lo haría tantas veces como fuese necesario. Fue el primer percance de otros muchos, el principio de una actitud que terminaría separándolo de nosotros. Creo que se fue a Zaragoza porque, de alguna forma, captó esa soledad, sabía que allí no estaría más solo que aquí.

Fernández pasó de largo la pared número nueve y le dije que se detuviera. Leyó el número y me miró sin comprender. La luz de las linternas le daban un aspecto de ogro metido en su gruta.

—Toca la ocho —dijo.

—Tiraremos ésta —repliqué—. No te preocupes. He revisado los planos y no hay problema.

Se encogió de hombros. El primer mazazo retumbó en el túnel e hizo vibrar los muros, los techos, el suelo húmedo.

—Si esto se viene abajo —resopló—, ya te diré yo si hay o no problema.

Solté una risotada para demostrarles a los demás que tenía la situación perfectamente controlada. Sonrieron. Yo era el capataz y confiaban en mí, llevábamos años trabajando juntos.

Al final fui yo quien se leyó *El cuerpo*. Aquella misma noche, incapaz de conciliar el sueño, cogí la novela y miré cuántas páginas tenía. Hacía poco más de dos horas que había dejado a Jorge enfrentándose a las reprimendas de su padre, que al final había aparecido sobre las ocho y media o nueve completamente pálido y desencajado. Regañó tan duramente a Jorge en cuanto entró en la casa y lo vio, comenzó tan de improviso, que no supe encontrar la forma de marcharme sin parecer un entrometido, de modo que fui testigo de los gritos y las recriminaciones desde el principio hasta casi el final, cuando el padre de Jorge, ya sin aliento, hizo una pausa para recuperarse del sofoco y yo, tímidamente, dije:

Bueno, la verdad es que me tengo que ir a cenar. Nadie me prestó atención ni me acompañó tampoco a la puerta, ni Jorge ni la señora Consuelo ni, por supuesto, el padre de Jorge, que mientras yo salía de la casa empezó de nuevo a decir lo mal que lo había pasado buscándolo en coche por todo el pueblo, que la próxima vez que hiciera novillos se iba a enterar. Cuando alcancé la calle, su voz se oía aún con tanta nitidez que parecía se hubiese venido pegada a mi oído. Entré en casa aturdido y con la cabeza llena de gritos, como si el padre de Jorge me hubiese regañado a mí. Cené en silencio y sin hambre, lo que llevó a mi madre a aventurarme algún posible trastorno intestinal y a proponerme una cucharada de Pariphen, que rechacé. Me metí en la cama completamente exhausto pero consciente de que tardaría mucho en dormirme. Fue el aburrimiento de permanecer despierto sin tener nada que hacer lo que me llevó al cabo de un rato a recordar *El cuerpo* y a consultar su número de páginas con el convencimiento de que la lectura me ayudaría a conciliar el sueño, porque a mí si la lectura me daba algo era sueño, aunque fuesen las cinco de la tarde. La novela tenía doscientas cinco páginas con la letra grande. Cogí la calculadora del escritorio y a doscientos cinco le resté ciento veintiséis, que era el número de páginas que tenía *El doctor Jekyll y míster Hyde*, el único libro que me había leído hasta aquel momento de forma voluntaria. La operación dio como resultado setenta y nueve. Bueno, pensé, no es mucha diferencia. *El cuerpo* me entusiasmó. Me sorprendió la facilidad con que pasaba las páginas sin notar ese tedio que me sobrevenía cada vez que en el colegio nos obligaban a leer un libro para hacer después el correspondiente comentario de texto. ¿Por qué no nos hacían leer libros como aquél?

¿Por qué nos torturaban con novelas insoportables? Terminé *El cuerpo* a la noche siguiente y lo leí de nuevo y, al devolvérselo a La Sapo, lo cambié por otro, y luego por otro. Descubrí la enorme diferencia que existía entre leer yo las historias y que Jorge me las contara. Desde entonces hasta que me casé, fui un lector voraz de todo tipo de novelas. Luego fui perdiendo la costumbre o quizá las ganas, el dinero escaseaba al principio y a veces estaba meses sin entrar en una librería, y cuando lo hacía tenía que soportar con resignación las recriminaciones de Vanesa al llegar a casa cargado de novelas. Siempre he creído que no me habría aficionado a los libros si aquella tarde el padre Julio no nos hubiera enviado a la biblioteca a consultar manuales de marquetería y yo no hubiese tomado la decisión de llevarle una novela a Jorge.

Fernández descargó un último golpe y la pared número nueve quedó reducida por fin a escombros. Se dio la vuelta escupiendo polvo y dejó el mazo en el suelo para sacudirse la ropa y el pelo; lanzó una maldición, se sentó en el suelo quejándose de los riñones. Miré con desconfianza, aunque la disimulé, las paredes que nos rodeaban y el techo, examiné las grietas: la estructura no dio ninguna señal de que fuese a desestabilizarse, sí en cambio mis pulmones llenos de polvo y aire estancado, necesitados de aire fresco y a punto de negarme la respiración. No voy a salir, pensé, no voy a salir ahora. Ordené a los hombres que cargaran los escombros en la carretilla y los fueran llevando al exterior.

—Ahora vuelvo —dije a Fernández sorteando los restos de la pared y penetrando en el túnel.

—¿Adónde vas? —preguntó.

—Tú ayuda a los chicos a limpiar todo esto.

Conforme me iba aproximando a la esquina tras la que se encontraba la madriguera de Altagracia, Miserachs y Sebastián Coto, el techo empezó a ganar altura. Al enderezarme sentí un pinchazo en los riñones. Saberme ya tan cerca del agujero donde aquellos tres locos venían a hacer sus locuras, acrecentó mi necesidad de salir al aire libre y olvidarme de aquello. Noté pesadas las botas, como embarradas, y el corazón latiéndome en el cuello. Enfoqué el recodo con la linterna: tres metros, dos, uno.

Giré a la derecha y el escenario que apareció ante mis ojos resultó ser el mismo que veinte años atrás, cuando nos dominaba el miedo y la sed de venganza contra aquellos tres desgraciados que, siete años después de que Jorge me rechazara *El cuerpo*, fueron declarados oficialmente muertos y el padre Julio ofició una ceremonia en la iglesia del pueblo con ataúdes vacíos. Yo estaba a punto de cumplir veintidós años, Vanesa y yo llevábamos apenas tres años juntos, y al leer la noticia en el periódico local sentí un escalofrío. Albert propuso ir a echar un vistazo al cementerio, ver cómo introducían los ataúdes vacíos en los nichos, leer los nombres en las lápidas, pero a los demás no nos pareció una buena idea; estuvimos incluso a punto de ir a celebrarlo, pero a nadie le apeteció demasiado. Durante un tiempo soñé mucho con esos ataúdes vacíos, pero en el sueño no eran tres, sino cuatro, y cuando se abrían tampoco se encontraban vacíos, sino que allí dentro, vestidos de fiesta y muy bien peinados, estábamos Albert, Jorge, Betu y yo. A veces, Jorge abría los ojos y me reprochaba *le pegabas en serio, Carlos, le pegabas en serio*. Cuando eso sucedía, me despertaba violentamente y tardaba una eternidad en volver a dormirme.

Di un par de pasos y me detuve: algo no encajaba. El hueco de la madriguera me aguardaba a apenas tres metros de distancia, lo tenía al alcance de la mano, igual de oscuro y siniestro que aquel día, como igual de siniestro y oscuro se mantenía el techo curvo sobre mi cabeza. No daba pues la sensación de que hubiese cambiado nada, pero aun así yo lo notaba, una sensación desagradable, como cuando te duele algo y no sabes focalizar el origen del dolor.

Llegué a la altura del agujero, miré hacia abajo y tardé unos segundos en entender el horror que subía hacia mí, el pasado que trepaba pared arriba a través del haz luminoso de la linterna: las camisetas Iron Maiden. No puede ser, me dije, es imposible. Las camisetas estaban sobre el colchón, deshilachadas y podridas, también los tejanos y las cadenas y los llaveros sujetos al cinturón; la ropa parecía rellena sólo a medias, un amasijo de huesos y polvo. La linterna descubrió tres calaveras. Una de ellas miraba en mi dirección, por la ropa parecía la de Altagracia.

—Dios mío —susurré.

Reculé dos pasos, busqué apoyo con las manos y me senté en el suelo.

—¿Qué pasa?

Levanté la cabeza. Entreví a Fernández a lo lejos.

—Nada —respondí a las sombras, a Fernández; la linterna me pesaba una tonelada, no podía levantar el brazo, sólo iluminar mis botas sucias. De repente me pareció indispensable que nadie se enterara de lo que había allá abajo, absolutamente nadie, y eso incluía también a Fernández—. Es el mareo de antes —me apresuré a contestar.

—Deberías irte a casa —dijo.

Me levanté torpemente a toda prisa porque por el rabillo del ojo descubrí que Fernández tenía la intención de acercarse a echarme una mano. Lo detuve a un metro de la madriguera y lo empujé con suavidad hacia atrás asegurándole que me encontraba bien. En la vida me había encontrado peor.

Me senté a oscuras en el sofá a esperar a Vanesa. Algunos viernes solía quedar con una amiga del trabajo y se iban juntas a dar una vuelta y a charlar de sus cosas al centro comercial Barnasud; a veces regresaba con algún capricho, generalmente ropa, aunque ella no era muy antojadiza ni tenía afición a pasarse tardes enteras curioseando de tienda en tienda; decía que de ese modo sólo se malgastaba dinero. Eché un vistazo al reloj: las nueve y media. Entraba por la ventana el repiqueteo de cubiertos del centenar de vecinos que se disponían a cenar a mi alrededor, voces y risas, televisores. Había un aire irreal en el hecho de estar sentado a solas en casa, sin ninguna luz encendida, sin música, como si no habitase nadie en ella y yo no fuese más que algo inanimado, una silla o un estante. Así es el piso cuando Vanesa y yo no estamos, pensé, así sería si nos marcháramos para siempre.

Vanesa no sabía nada de los cadáveres de Altagracia, Miserachs y Sebastián Coto. Cuando llegué el miércoles a casa y me preguntó por qué traía aquella cara de pena, sólo supe insistir en lo mucho que me fastidiaba la humedad de los desagües en los huesos, ella me aconsejó que fuese al médico, que a lo mejor era reúma; tampoco quise decírselo a Betu ni a Albert ni, por supuesto, a Jorge, aunque en un par de ocasiones llegué a tener el

teléfono en la mano para llamarlos a los tres. Me daba
miedo que se supiera, que fuese a parar a los oídos de la
persona equivocada y apareciese la policía y volviese a
interrogarme como ya me interrogó de niño en el colegio. Aquel día, y también el día siguiente, jueves, incluso me había llevado a los chicos de la brigada hacia los
túneles del lado opuesto y allí había improvisado tareas
que encomendarles porque sabía que si descubrían los
cadáveres querrían llamar a la policía, sería imposible
convencerlos de que no lo hicieran. Yo únicamente quería
ganar tiempo, mantener el secreto. Era absurdo: me comportaba como si los hubiese matado yo. Y llevaba así
desde el miércoles, sin comer, sin dormir, resultaba imposible cerrar los ojos y no ver en la oscuridad cráneos,
huesos rotos y camisetas deshilachadas. Si hubiese tenido
la fórmula mágica para hacer desaparecer los cadáveres, la habría utilizado sin el menor asomo de duda, no
habría esperado ni un solo día.

Oí la llave de Vanesa entrar en la cerradura y el corazón me dio un vuelco. Clavé las manos en los cojines
del sofá mientras ella iba encendiendo luces conforme
entraba en el piso: la del recibidor, la del pasillo, la del
comedor. No seré capaz, pensé. Al verme dio un salto.

—¡Carlos!

Se había llevado una mano al pecho y tenía una sonrisa rota en los labios.

—¡Qué haces a oscuras, por Dios!

Se le relajó la sonrisa, pero enseguida se le volvió a
romper. Había visto la bolsa de viaje junto a mis pies, el
móvil, las llaves del coche.

—Me voy a Zaragoza.

Su sonrisa se afiló:

—¿De qué estás hablando?

—Estaba esperándote para decírtelo.

—¿Te has vuelto loco?

Me encogí de hombros.

—Dijiste que no irías, que mi madre era más importante.

—Dije que *nosotros* éramos más importantes.

Arrojó el bolso sobre la mesa del comedor, se sacudió el pelo con la mano y me clavó los ojos.

—No puedes irte.

—Lo siento.

—¿Que lo sientes? ¿Qué significa que lo sientes?

Me puse de pie y cogí la bolsa de viaje.

—Significa que tengo que irme.

Sus ojos comenzaron a brillar de enojo, de impotencia.

—Eres un maldito egoísta, Carlos, ése es tu problema.

Se dejó caer en una silla junto a la mesa y lanzó un suspiro como si en realidad quisiera arrojármelo a la cara. Egoísta era algo de lo que ya me había acusado otras veces, egoísta y aburrido. Se me pasó por la cabeza decirle en ese momento lo de los cadáveres, gritárselo para que comprendiera mi necesidad ineludible de marcharme a Zaragoza, pero ella se adelantó.

—Te quedas ahí con tus libros y tu música y parece que todo te importe un pimiento.

—No es cierto.

—No has movido un dedo por lo nuestro —insistió, y su voz subió bruscamente de volumen—. ¡Yo soy la única que lo ha intentado! ¿Me oyes? ¡Yo sola! ¿Y tú que haces? ¡Te largas a Zaragoza con tus amigos! —Al decir esto agitó una mano en el aire y luego se clavó el dedo índice en el pecho—. ¡Soy yo quien vive contigo, Carlos, no ellos, no tus amiguitos del alma!

Estaba a punto de llorar y yo a punto de quedarme. Di un par de pasos y al pasar junto a ella me alcanzó su aroma de Eau Fraîche, recordándome en un solo segundo los años que llevábamos juntos.

—No me hagas esto, Carlos.

Su voz dolía, tiraba de mí.

—Volveré el domingo —dije.

Escuché sus sollozos mientras avanzaba por el pasillo, se me clavaron uno tras otro en la espalda mientras la bolsa de viaje pesaba cada vez más, llena de piedras en lugar de ropa.

—Sólo los cobardes huyen —dijo entonces sin gritar, como si ya no necesitara alzar la voz o estuviese agotada—. Piensa en eso cuando te emborraches con tus amigos.

Me costó una barbaridad levantar el brazo, girar el pomo de la puerta y salir de casa. Una vez en el rellano bajé las escaleras rezando para que Vanesa no viniera en mi busca, para que no continuara diciéndome cosas, pero deseando al mismo tiempo que sí lo hiciera, que me persiguiera y me ahorrara aquella dolorosa decisión. *Sólo los cobardes huyen.* Monté en el coche y llamé a Betu; ya debían de haber llegado a Zaragoza.

—Salgo ahora de Barcelona —le dije.

Creyó que bromeaba y me soltó un par de guasas sobre si ya había hecho la compra y barrido el piso. Cuando se dio cuenta de que hablaba en serio, se quedó en silencio. Colgué, coloqué un compacto de Bryan Ferry en el reproductor y puse el motor en marcha. Me sonó extraña la música, como si mis oídos fuesen los de otra persona. Al dejar atrás Sant Boi y entrar en la autopista, desconecté el móvil.

Llegué a Zaragoza a la una de la madrugada. Estaban todos esperándome sentados a la mesa del comedor, ya cenados, con mucho humo y un par de botellas de whisky. Al verlos experimenté esa sensación de júbilo que nos producía siempre vernos juntos, ese engaño emocional de que el tiempo no había transcurrido. Me alegré de haber realizado el viaje.

—¿Has venido con tu Vanesita? —se pitorreó Jorge.

—Vete a la mierda —dije—. Y dame algo de cenar, si es que habéis dejado algo.

Me trajo una manoseada caja de cartón en la que bailaban dos trozos de pizza.

—Ya podrías haber cocinado algo —dije.

Me serví un vaso de vino, me lo bebí de un trago y me serví otro. Eché un vistazo al comedor: pesados muebles de roble y cortinas a juego con la tapicería del sofá, estanterías con adornos y baratijas, una mesilla de café de cristal y armazón de cobre, paredes blancas; tenía todo un aire anticuado que no le pegaba a Jorge, podría haber sido la casa de sus padres. Encima del televisor había una foto de Sandra, su mujer, la que lo había convencido tiempo atrás de mudarse a Zaragoza. La primera vez que Jorge nos enseñó una fotografía suya, pocas semanas antes de marcharse de Sant Feliu, nos pareció a todos una mujer muy exótica, incluso le preguntamos si era mexicana o venezolana o algo parecido. En realidad, lo que estábamos tratando de decirle era que estaba buenísima, y fue Albert quien primero se lo hizo saber. Está buenísima, dijo, ¿ya te las follado o qué? En cuestión de mujeres, Albert era el más directo, no sabía dar rodeos, pero debo reconocer que en aquella ocasión yo pensé exactamente lo mismo y envidié a Jorge por tener una novia con aquel pelo tan oscuro, aquellos ojos tan oscuros, aquella piel tan oscura. No es que yo considerara a Vanesa poco atractiva o no me gustara. Se trataba únicamente de una simple comparación, por aquella época comparaba a Vanesa con las novias de mis amigos, casi las puntuaba, tratando de averiguar si podía enorgullecerme o no de ella, si podrían o no envidiarme por tenerla conmigo. Al ver de nuevo ahora la fotografía de Sandra, tan oscuro como siempre su pelo y tan oscuros sus ojos y su piel, pensé: es más guapa que Vanesa. Y no me gustó pensarlo, porque quizá no fuese cierto, la foto no era reciente y los años habrían transcurrido también para Sandra, la habría desmejorado además la convivencia con Jorge, que debía de ser tormentosa.

—¿Y Sandra? —pregunté.

Jorge volvió la cabeza hacia la fotografía de manera automática, como si no tuviese otra cosa para recordar a Sandra que aquel retrato hecho, probablemente, en su primer año juntos en Zaragoza. Durante un instante lo recordé muchos años atrás, en su habitación, mirando con desconsuelo la fotografía de Tiny sobre su mesilla de noche.

—A la mierda Sandra —sonrió apartando la mirada de la fotografía—. Hoy estamos aquí para olvidarnos de nuestras mujeres y pasarlo bien.

Era lo normal en Jorge. Me refiero a lo de pelearse con sus mujeres. De hecho, a todos nos parecía un milagro que llevase tanto tiempo con Sandra. A Jorge le duraban poco las novias. Sabía seducirlas, pero luego no lograba encontrar el equilibrio, o no quería, incluso había llegado a salir con dos chicas a la vez. Me pregunté si él y Sandra no habrían roto definitivamente, o si sólo se trataba de una bronca pasajera. Me bebí de un trago el segundo vaso de vino y me serví otro. Albert me dio unos golpes en la espalda.

—Qué pasa, macho —dijo—. ¿Has venido a ahogar las penas o qué?

Mordí la pizza y lo miré de reojo.

—¿Acaso vosotros habéis venido a otra cosa?

—Por supuesto —replicó—. A follar aragonesas. Dio un puñetazo en la mesa y soltó una carcajada. La risa de Albert era contagiosa y limpia, sonaba tan natural que al verlo reír no tenías otro remedio que reír con él, aunque lo que dijera no tuviese a veces la menor gracia. Sin dejar de carcajearse se sirvió un whisky con Cocacola y le llenó el vaso a Betu, que aún no se había terminado el anterior. Por la expresión de sus caras calculé que llevaban un par de horas bebiendo y fumando. Jorge tenía un porro medio consumido en los labios.

—Come —me ordenó, y soltó una bocanada de humo hacia el techo—. Que nos largamos ya.

Tenían intención de ir a una discoteca del extrarradio donde, según Jorge, se cocía la marcha más potente de Zaragoza. Utilizó esas palabras: la marcha más potente de Zaragoza. En ese instante lo vi con trece años diciendo *el coche de Scalextric más potente de los cinco*. Conservaba su cara de niño, sus ojos verdes y sus dientes grandes, pero parecía hinchado, como si le hubiesen administrado aire a presión; era cosa de los medicamentos, ya le había sucedido otras veces. Él solía bromear con eso, decía que iba al psicólogo y le cambiaba secretos a cambio de pastillas de colores. Salgo ganando, decía, porque los secretos son gratis y las pastillas le cuestan a la seguridad social un ojo de la cara, que se jodan. Betu acostumbraba a replicarle que no fuese idiota, que las pastillas las pagábamos entre todos a base de impuestos, y los dos se enzarzaban en la inútil discusión de pormenorizar lo que incluían y no incluían los impuestos.

Terminé los trozos fríos de pizza y me pregunté si aquél era un buen momento para hablarles de los cadáveres. Betu estaba contando que la semana anterior se había quedado sin gasolina delante de un prostíbulo de carretera y que sufrió lo indecible temiendo que algún conocido lo viese allí parado.

—Imaginaos el marrón —dijo—. ¿Qué mujer se creería el cuento de que te has quedado sin gasolina delante de un puticlub?

Albert y Jorge se doblaban de la risa. En los ojos de los tres se veía claramente que no era un buen momento para poner a Altagracia y los suyos sobre la mesa, sería un error hacerlo, nadie estaba en condiciones de escuchar una noticia semejante; sería más prudente esperar al día siguiente.

Observé a Jorge. Me pregunté una vez más qué pensaría si supiera que los asesinos de su hermano estaban muertos, cuál sería su reacción al descubrir que, después de todo, el destino le había concedido su deseo más anhelado. Su mirada se cruzó con la mía y la sostuvo unos segundos sin dejar de reír la ocurrencia de Albert, que acababa de preguntarle a Betu por qué, aprovechando el percance, no había entrado en el puticlub a tomar un trago. Los ojos verdes de Jorge parecían aún más verdes con el brillo del vodka, más incisivos, toda su inteligencia concentrada en ellos, como si ya supieran lo que yo había venido a contarles. Cuando Jorge los apartó de mí noté un vacío en la boca del estómago. Llevaba dos días pensando un disparate, o yo deseaba que lo fuera: la posibilidad de que Jorge nos hubiera engañado a todos durante veinte años y que finalmente, en una de sus eternas guardias, hubiese sorprendido a Altagracia, Miserachs y Sebastián Coto en su cuartel secreto y allí los hubiera matado a los tres con sus tijeras. Era, desde luego, una imagen tremenda, de locos. Es imposible, me dije, no puede ser. Decidí que lo mejor era seguir con el plan de Jorge y marcharnos a esa discoteca donde se cocía la marcha más potente de Zaragoza. En el fondo, yo también necesitaba olvidarme un poco de todo, beber, bailar.

Lo cierto es que siempre fuimos un poco presumidos, sobre todo cuando salíamos todos juntos de noche. Yo tenía la sensación al entrar en las discotecas de que todos se volvían a mirarnos: gustábamos a las chicas, los chicos envidiaban nuestro magnetismo, lamentaban no poder ser como nosotros. Era todo una chorrada, pero yo me sentía como el protagonista de una película y procuraba que mis gestos, hasta el más insignificante, parecieran llevados a cabo por alguien muy cinematográfico. Una chica nos dijo en una ocasión que era la primera vez que conocía a un grupo de chicos donde no hubiese al menos un feo por cada tres guapos. Sonó a estadística fiable, a matemáticas, y los cuatro nos lo creímos en el acto. Siempre he sospechado que nuestra chulería posterior tuvo su origen en ese comentario absurdo, en ese piropo que aquella chica nos dedicó porque probablemente no se le ocurrió otra cosa, porque en realidad sí había un típico feo, y ése era yo, no feo con avaricia, pero sí el menos guapo de todos. No podía competir con la altura de Albert, con su piel tostada, su sonrisa, su descaro; tampoco con la mirada de Jorge y su facilidad de palabra con las mujeres; ni con el atractivo de Betu, tan rubio. Fui el menos ligón de los Játac, conocí a Vanesa demasiado pronto y ya no tuve tiempo de conocer a otras. Siempre me incomodó que todos se pusieran a hablar de sus conquistas, que si le habían conseguido tocar las tetas a aquélla, que si aquella otra les había chupado la polla, que si se habían morreado durante media hora con la de más allá, porque yo sólo podía hablar de Vanesa, y eso carecía de mérito, hablar continuamente de la misma quedaba de pardillo, de inexperto.

La discoteca a que se refería Jorge se hallaba en un polígono del extrarradio. Cuando llegamos había ya docenas de coches estacionados en el aparcamiento y se oía retumbar desde allí la música que sonaba en el interior. Al entrar pensé de nuevo en esa tontería de que todos nos miraban y volví a sentirme importante, cinematográfico. Nos dirigimos a la barra, pedimos las bebidas y nos fuimos con los vasos a la periferia de la pista.

Todo marchó bien hasta que Jorge empezó a bailar espasmódicamente a nuestro alrededor. Comprendimos en el acto que estaba ejecutando un numerito de los suyos para impresionar a dos chicas rubias que, a su vez, estaban intentando impresionarnos a nosotros agitándose encima de una plataforma. Desde luego, ellas lo impresionaron mucho más a él que él a ellas, porque, de tanto girar y mirar la carne voluptuosa de las chicas, acabó volcándome encima su bebida. Logré esquivar la lluvia de vodka con limón lo suficiente para salvar la ropa, pero no lo bastante para evitar que me salpicara los zapatos. Jorge se echó a reír y me gritó al oído que lo sentía, que me invitaba a una ronda, como si el vaso que se había quedado vacío fuese el mío y no el suyo.

Decliné la oferta y fui a los aseos. Arranqué papel higiénico de uno de los retretes y me limpié los zapatos: no conseguí que la mancha desapareciera por completo. La gente creerá que me he meado encima, se me ocurrió. Al enderezarme sentí como si mi cerebro flotara a la deriva sobre una balsa de aceite, de un lado a otro de mi cabeza. Llevaba en el estómago el vino de la cena y tres whiskies con naranja, sabía que dos más me llevarían directamente a la borrachera. Era una sensación agradable que echaba de menos en los intervalos en que no salíamos los cuatro de juerga, porque con Vanesa no teníamos la costumbre de beber, ni tan sólo con moderación, a ella no le gustaba el alcohol, ni siquiera el vino; nos metíamos en un pub o en una discoteca y ella seguía pidiendo la misma Coca-cola sin hielo y con una rodaja de limón que pedía en el Tropic, le duraba toda la noche. Y a mí no me gustaba beber solo, lo encontraba deplorable, propio de solitarios sin remedio. Vanesa y yo trasnochando éramos de lo más aburrido, fingíamos que no, pero lo éramos. Me miré en uno de los espejos y apenas me reconocí. La música tronaba contra la puerta como si quisiera derribarla, pasaban junto a mí tipos que iban con la mirada perdida, que se bajaban la cremallera, se sacaban el pene antes de llegar a los urinarios y hacían puntería para no mearse encima, tipos que después se repeinaban en los espejos, se hacían muecas a sí mismos, se repasaban los dientes, se olían el aliento. Los aseos masculinos de las discotecas siempre me habían parecido agujeros donde los hombres regresábamos a las cavernas; apestaban a orín, a sudor, a humo y a mezcla de colonias. De repente todo aquello me pareció una farsa, un rito primitivo, y yo el más farsante y primitivo de todos, allí mareado por el whisky, con los zapatos manchados y la cara deslucida por un color ceniciento, allí repasándome el pelo y la ropa.

Salí y di un rodeo antes de acercarme al grupo, los observé a través de la multitud de cabezas que flotaban en la penumbra de luces. Los envidié por ignorar lo de los cadáveres, dormirían tranquilos por la noche. Se habían puesto los tres a charlar con las dos chicas, que a esas alturas de la madrugada se mostraban ya más receptivas, más receptivos también los tirantes del sujetador de una de ellas, caídos a lo largo de los brazos, reían y escuchaban ambas sin dejar de bailar. Me acerqué a la barra.

Aquella noche estábamos haciendo las mismas tonterías que de costumbre, habíamos soltado las expresiones habituales y Betu le había hecho a una camarera su vieja broma de pagar con un billete antiguo de quinientas pesetas, pero en ese momento, al verlos a los tres tonteando con las dos chicas, sentí de pronto que aquella noche no era como las noches anteriores, que ninguna volvería a serlo. No me gustaba la forma en que estábamos intentando reproducir el pasado. ¿Qué coño queríamos recuperar? ¿Quién se había inventado la patética costumbre de que los hombres de treinta y pocos años saliéramos de noche a comportarnos como críos de dieciocho? ¿Cómo pudo alguien pensar alguna vez que eso resultaría natural y saludable? Sólo había que echarnos un vistazo: éramos una caricatura, se nos veían las gomas de los disfraces, flirteábamos con aquellas chicas como si al salir de la discoteca pudiésemos llevárnoslas al coche y tirárnoslas. No estaba censurando los arranques de nostalgia y la diversión, sino la forma en que emborrachándonos allí dentro le dábamos la espalda a lo demás. No podía creer que ninguno de los tres tuviese nada importante que decir, me negaba a aceptar que sólo nos unieran un puñado de manidas anécdotas y una docena de chistes. Supuse que también ellos padecerían sus crisis de pareja o las habrían padecido, que en algún momento de sus vidas se habrían cuestionado su trabajo, pero entre todos habíamos dejado siempre muy claro cómo se vivían las juergas: nada de trabajo, nada de rollos con la parienta, los asuntos personales se dejaban en la cesta de la ropa sucia antes de salir. Me dolió que así fuera, porque a mí los chistes me sobraban ya, asimismo las aventuras de los Játac. De lo que realmente quería hablarles era de los cadáveres de Altagracia, Miserachs y Sebastián Coto, de mis problemas con Vanesa. Comprendí que esa falta de confianza entre nosotros sólo significaba que ya no teníamos tantas cosas en común, que los adultos en los que nos habíamos convertido no tenían nada que ver con los niños que fuimos. Me entraron ganas de echar a correr, de escapar de aquella música, de aquel humo, pero llamé con un gesto a una de las camareras y pedí otro whisky con naranja. El único modo de soportar aquello hasta el final pasaba por agarrar una borrachera de las de antes, cuando la vida era más liviana y no importaba lo que fuese a suceder en los próximos cien años.

Al día siguiente no me levanté hasta las dos de la tarde. Notaba la cabeza como si alguien me la hubiese hinchado con aire a presión. Habíamos dormido apiñados en la habitación de invitados, en colchones tirados en el suelo, y apenas habíamos pegado ojo debido al calor y a las violentas arcadas de Jorge, que había ido por lo menos cinco o seis veces al cuarto de baño a vomitar. Mientras lo oía descomponerse ruidosamente una y otra vez, pensé que esa manía suya de mezclar el vodka con los medicamentos del psicólogo lo acabaría matando. Al salir al pasillo me di cuenta de que nadie se había levantado aún. Allí de pie, solo, me pareció que el piso tenía un aire melancólico y mustio, de abandono, como si llevara años deshabitado; el silencio tampoco resultaba tranquilizador ni inspiraba paz, sino todo lo contrario: daba la sensación de no poderse llenar con nada. Mientras orinaba en el baño pensé en marcharme. No quería pasar ni un minuto más allí, y desde luego no quería repetir otra noche de juerga como la anterior. Pero ¿adónde iría? ¿A casa con Vanesa? ¿A qué? Me dejé caer en el sofá del comedor y esperé.

Comimos espaguetis con salsa de tomate y, a la hora de la siesta, Jorge y yo nos quedamos solos en el comedor viendo una película de Stallone y Kurt Russell que emitían por el quinto canal. Una de las películas favoritas de los Játac fue *Acorralado*, todos queríamos ser Rambo: seres inadaptados, rebeldes, invencibles. Nos fascinaba cuando se arrojaba al vacío y se cortaba el brazo con una rama y luego se suturaba él mismo la herida. Tiny solía imitarlo mucho, decía: la próxima vez que me haga daño, cogeré el costurero de mi madre y me coseré a lo vivo. Betu le repetía sin cesar que se trataba de efectos especiales, que el actor se llamaba Sylvester Stallone y que no se cosía el brazo ni por casualidad, pero a Tiny le traían sin cuidado las desmitificaciones de Betu. Yo lo haré sin los putos efectos especiales, replicaba. Y nosotros pensábamos en la posibilidad de herirlo nosotros mismos para verlo, porque sabíamos que si a Tiny se le metía en la cabeza curarse con el costurero de su madre, pues se curaría con el costurero de su madre, aunque ello le ocasionara aún más dolor y una infección de primer grado.

Durante un corte publicitario observé disimuladamente a Jorge. Tenía los ojos fijos al frente, la boca entreabierta, parecía llevar horas en esa postura, quizá ni siquiera estaba siguiendo la película. La resaca y la luz del día no habían hecho más que enfatizar el aspecto enfermizo que había mostrado la noche anterior y que todos sabíamos lo acompañaba desde hacía tres o cuatro años. Yo, sin embargo, no había esperado encontrarlo tan desmejorado, había creído que lo del psicólogo terminaría poniendo remedio a su situación, pero Jorge llevaba años tratándose, haciéndose pruebas, tomando pastillas, y era evidente que no estaba poniendo remedio a nada. Miré la fotografía de Sandra y me pregunté cómo podía ella vivir con Jorge, verlo a diario, amarlo a diario, padecer sus crisis nerviosas y sus ensimismamientos y aun así seguir a su lado no un día ni dos, sino cientos, si yo llevaba poco más de doce horas con él y su mera presencia había bastado para empacharme. Cada año que transcurría se volvía más inestable, más insoportable, cuando te contaba una cosa seguía dando la sensación de que no iba a terminar nunca, te cansaba su infinita enumeración de ocasiones en las que el mundo era cruel con él: que si en el ambulatorio le habían perdido unas radiografías a propósito, que si en un restaurante habían tratado de intoxicarlo con legionela porque había exigido el libro de reclamaciones, que los del banco eran unos cabrones porque se inventaban comisiones cuando utilizaba la tarjeta de crédito. A mí me fastidiaba tener esa impresión de él, no ser capaz de escucharlo, se trataba de mi amigo, joder, se suponía que tenía que escucharlo y tratar de ayudarlo. El problema era que ayudarlo equivalía a escucharlo más aún.

—Sandra se ha largado con un fotógrafo —dijo de repente.

No me esperaba que hablase y me asusté. Advertí entonces que su mirada catatónica había permanecido fija en el retrato de Sandra durante toda la película, tampoco la apartó ahora. De tanto apretar los dientes se le marcaban en la mejilla los huesos de la mandíbula, y sus ojos habían adquirido un brillo de dolor, como si estuviese a punto de llorar.

—Con un fotógrafo hijo de perra —añadió.

En ese momento comprendí que Albert y Betu no lo sabían, que, una vez más, Jorge me había elegido a mí para sincerarse. Me dolió llevar tantos años huyendo de él, deseando no verle cuando vivía en Sant Feliu y luego deseando que viniese lo menos posible desde Zaragoza para hacernos una visita. Antes de que se marchara habíamos organizado barbacoas y salidas nocturnas sin él, mejor no llamarlo, decíamos, mejor que no venga. Nos lo habíamos sacado de encima simplemente porque traía problemas. Y luego, cuando le veíamos, le reíamos todas las gracias, aceptábamos venir a pasar un fin de semana a su casa, nos emborrachábamos con él y cuando nos decía con los ojos brillantes que éramos sus mejores amigos, nosotros le contestábamos que sí, que lo éramos, que éramos los Játac, joder. Me pareció repugnante, y yo más repugnante aún por no haber pensado antes en ello. Vanesa tenía razón: seguíamos siendo unos críos.

—¿Y sabes qué es lo más divertido? —dijo con los ojos aún clavados en Sandra—. Que el tío se llama Bruno. —Esbozó una sonrisa cansada—. Como el hijoputa de Altagracia.

Me extrañó que pronunciara ese nombre y guardé silencio, porque Jorge era imprevisible cuando ese nombre aparecía en una conversación, notabas cómo el pasado se le echaba brutalmente encima y él realizaba esfuerzos titánicos por zafarse. Le creí capaz de sentirse más dolido por la coincidencia de que el amante de su mujer se llamara como Altagracia que por el propio abandono; al fin y al cabo, si Jorge estaba acostumbrado a algo era a dejar mujeres y a que las mujeres lo dejaran a él. Lo sucedido con Sandra, tantos años viviendo juntos, no había convencido nunca a nadie, no a nosotros, no resultaba normal.

—Creo que voy a volver a casa de mis padres.

Siempre que me hablaba en ese tono entre confidencial y apesadumbrado volvía a verlo de pie junto a la baranda de protección de la carretera 340 diciéndome: *Le pegaba en broma, te lo juro, Carlos, le pegaba en broma.* Me pregunté si acaso no era en esos momentos cuando Jorge se mostraba tal y como era en realidad, no como el Jorge que conocíamos todos, el de las trifulcas, no el que acudía periódicamente a la consulta de un psicólogo desde hacía nadie sabía cuánto tiempo, sino el Jorge auténtico, el doctor Jekyll, el que jamás asomó delante de nadie, ni de sus padres, ni de Albert, ni de Betu.

—Mi vida es una mierda, Carlos. Ojalá pudiera empezar de nuevo. Lo he hecho todo con el culo.

—Bueno, no creas que los demás lo hemos hecho mejor.

Movió la cabeza dando a entender que era imposible estar peor que él, y al hacerlo me miró por primera vez, y ahora sí estaban llorosos sus ojos. Se dio cuenta de que yo me daba cuenta y se incorporó bruscamente. Cogió de la mesilla una tira de papel de fumar y una china de hachís y comenzó a liarse un porro. Me fijé en sus manos: seguían siendo delgadas, esbeltas, hábiles.

—Deberían haberme matado a mí —dijo—. Deberían haberme matado a mí porque Tiny era un trozo de pan y yo sólo soy un mierda.

No aparté la mirada de sus dedos porque al menos sus dedos se movían y hacían algo útil, no parecían hallarse encallados en el lodo en que seguía encallado él. Le contesté que no dijera tonterías, pero continuó liándose el porro como si no me hubiese oído. En realidad, yo no estaba seguro de que fuesen tonterías. No me refería, por supuesto, a que me planteara la posibilidad de que Altagracia, Miserachs y Sebastián Coto hubiesen matado a Jorge en lugar de a Tiny, sino a que algo de la muerte de Tiny seguía pendiente entre nosotros, algo que llevaba a Jorge a creer que debería haber muerto él en lugar de su hermano o a mí a pensar que no fui lo bastante valiente para defenderlo. Desde luego, no se trataba exactamente de cambiar la vida de un hermano por la del otro, pero tampoco sabía exactamente de qué se trataba.

Jorge prendió fuego al porro, dio dos o tres caladas muy rápidas y me lo ofreció. Negué con la cabeza y me propuso que me sirviera una cerveza o un whisky.

—Mierda, tío —dijo entre el humo denso que salía de su boca y apagando el televisor—. No vayas a dejarme solo con esto. Necesito alguien a mi lado que no esté sereno.

Acepté el whisky porque de repente me entró miedo de lo que pudiese contarme: que le habían diagnosticado una enfermedad incurable, por ejemplo, algo relacionado con el hígado, de tanto tomar pastillas y beber vodka, un cáncer, o que Sandra se había largado porque, en realidad, le había dado una paliza, aunque lo que más me aterraba era que me dijera *yo los maté, Carlos, fui yo*, que me lo dijera como me decía siempre las cosas importantes. Había tenido veinte años para confesarme su crimen, pero quizá no había reunido el valor suficiente hasta aquel instante en que todo se le venía definitivamente abajo. Deseé que Albert y Betu se despertaran en aquel preciso instante y vinieran a sentarse con nosotros, porque yo no iba a saber qué decirle a Jorge en caso de que él fuese el culpable de que Altagracia, Miserachs y Sebastián Coto no hubiesen aparecido jamás, no iba a saber qué decirle porque resultaba horrible imaginarlo acuchillando a aquellos tres locos con las tijeras con las que montaba guardia.

Jorge se levantó y se fue a preparar mi bebida. Era, efectivamente, un disparate creer que Jorge hubiese sido capaz de bajar al agujero y matar a tres tipos como Altagracia, Miserachs y Sebastián Coto. En cuanto hubiesen visto las tijeras y adivinado sus intenciones, le habrían vuelto la cara del revés en el acto, no habría dado Jorge ni un paso, lo habrían matado a él, porque ellos estaban habituados a todo tipo de riñas y altercados, y Jorge no, Jorge podía estar obsesionado con el crimen perfecto y adorar la literatura de asesinatos, pero no era un asesino.

Eché un vistazo a las estanterías del comedor, los jarrones, las figuritas, souvenirs del Monasterio de Piedra, de Peñíscola, de la Sagrada Familia.

—¿Dónde tienes los libros? —pregunté alzando la voz para que él pudiese oírme desde la cocina.

—En cajas —contestó desde allí—. Sandra dice que en el comedor no quedan bien.

En eso se parecía un poco a Vanesa, que se negaba a que yo tuviese mis discos de vinilo y los compactos en el comedor, como mucho me permitía tener los treinta y seis que cabían en el mueble destinado a compactos que compramos en el centro comercial Barnasud. De poner los discos de vinilo en el mueble del comedor, junto al televisor o junto al conjunto de vasijas que nos trajeron unos tíos suyos de Atenas, ni hablar. Yo había llegado a convencerme de que tenía razón: nadie colocaba los discos de vinilo en el comedor. Sin embargo, cada vez que me apetecía escuchar alguno y tenía que ir al cuarto de los trastos, abrir el armario, apartar ropa, el robot de cocina y juegos de sábanas sin estrenar y luego rebuscar entre los discos el que me gustaba, casi sin ver nada y de rodillas, pensaba que era una idiotez eso de que los discos no quedaban bien en el comedor, y me proponía decirle a Vanesa en cuanto llegara a casa que, sintiéndolo mucho, había decidido trasladar mi discoteca al mueble del televisor. Pero siempre acababa sucediendo algo que convertía eso de los discos en una trivialidad. Después de todo, si ella llegaba enojada porque había discutido con su madre, ¿qué importancia podían tener tres docenas de discos? ¿Cómo iba a decirle que quería mi discoteca en el comedor si ella me estaba hablando, por ejemplo, de que yo no demostraba nunca mis sentimientos?

Jorge regresó de la cocina, dejó mi whisky sobre la mesilla y se sentó de nuevo en el sofá; él se había servido un vodka con limón.

—Las mujeres lo quieren todo a su manera —dijo mirando la brasa del porro.

—Supongo que sí.

Pero yo, en realidad, no suponía nada. Lo cierto era que comenzaba a desconfiar de aquellos comentarios, que si las mujeres esto, que si las mujeres lo otro; llevaba años oyéndolos por boca de todos nosotros. Hablábamos como si hubiésemos conocido a todas las mujeres del mundo y hubiésemos adquirido el conocimiento necesario para juzgarlas. En ese momento tuve muy claro que no teníamos ni puñetera idea de nada: yo mismo llevaba quince años con Vanesa y no sabía cómo pensaba, seguía pareciéndome igual de incomprensible que el primer día.

—Quiero enseñarte algo —dijo.

Aplastó la colilla en el cenicero y se levantó. Mientras se acercaba al mueble donde estaba el televisor y abría un cajón, eché un vistazo al pasillo con la esperanza de que aparecieran por fin Albert y Betu. Di un largo trago al whisky con hielo y pensé que me estaba equivocando, que beber whisky a aquellas horas me sentaría fatal y por la noche no habría quien me aguantase de pie. Jorge regresó al sofá con un libro en las manos.

—Hace tiempo que quería enseñártelo.

Había desaparecido la tristeza de sus ojos, las lágrimas; en lugar de minutos, daba la sensación de que hubiesen transcurrido horas desde que me había dicho que deberían haberlo matado a él en lugar de a Tiny. Me entregó el libro y reconocí al instante la portada: *El cuerpo*.

—¿Recuerdas el día que me lo trajiste a casa? —preguntó.

—Recuerdo que querías tirármelo a la cabeza —respondí—. No me digas que te lo has comprado por remordimiento.

—No —contestó, y apareció en sus ojos ese brillo de niño travieso que tuvo siempre su mirada, un brillo que su vida desdichada de adulto no había logrado apagar—. Lo robé.

—No jodas.

Asintió, y de pronto se echó a reír, estalló en carcajadas, como hacía a veces Albert.

—¡Se lo robé a los putos curas! —exclamó sin dejar de carcajearse—. Los cabrones me suspendieron octavo, ¿no? No me dieron la mierda del graduado escolar, ¿verdad? Pues yo les birlé el libro. ¡Que se jodan! —Me arrebató la novela de las manos, la abrió por las primeras páginas y me señaló una de ellas con el dedo—. Mira.

Había en la parte inferior de la hoja un sello de identificación: *Biblioteca Virgen de la Salud. Sant Feliu de Llobregat.* Levanté la mirada hacia Jorge, hacia sus carcajadas, y lo imaginé entrando en la biblioteca del colegio a hurtadillas y burlando después con habilidad a La Sapo, experta consumada en detectar a burladores que, sin embargo, en aquella ocasión no supo detectar nada. Me gustó la forma en que Jorge me contó a continuación el suceso, las palabras y el tono que utilizó, las pausas y el suspense, y sobre todo me gustó la expresión de su cara mientras lo contaba, esa expresión de narrador que pertenecía a los buenos tiempos, antes de que todo se nos fuera al carajo.

—Éste no me da la gana que esté metido en una caja —dijo.

Se levantó de nuevo, se acercó al mueble y, con sumo cuidado, depositó la novela en el cajón. Había algo inquietante en aquel gesto, no en el hecho de guardar un libro en el cajón de un mueble de comedor, sino a que fuese ese libro, precisamente ese libro, que pertenecía a la época en la que había a diario un ramo de flores frescas sobre la cama de Tiny y los Játac nos pasábamos el día pensando en él y en su ataúd. Cualquier otro libro habría resultado entrañable, *El doctor Jekyll y míster Hide*, por ejemplo, o *El cartero siempre llama dos veces*, pero *El cuerpo*, la historia de esos niños buscando el cadáver de otro niño, era poco menos que una coincidencia macabra, y terrible que Jorge se regodeara en ella. Me vino a la cabeza la imagen de esos asesinos que guardan celosamente la ropa interior de sus víctimas y la tocan a solas, la huelen. ¿Los mataste tú?, estuve a punto de preguntarle, ¿fuiste tú, Jorge?

—¿Sabes lo que dicen del tiempo? —comentó. Quiso sonreír y sus labios sólo esbozaron una curva amarga—. Que no existe, que es un invento del ser humano.

Bebió, dejó el vaso, lo cogió de nuevo.

—Pronto hará veintidós años que lo mataron —añadió.

Le seguía costando pronunciar el nombre de su hermano. Noté cómo cada palabra le salía trabajosamente de la boca y él, simplemente, la dejaba caer, porque ni siquiera disponía de la fuerza necesaria para pronunciarla.

—Veintidós años —repitió moviendo la cabeza y señalándosela con la punta del dedo índice—. Sin embargo, aquí dentro parece que hayan transcurrido tan sólo veinte minutos, media hora tal vez.

Se acabó de un trago el vodka con limón y aspiró hondo, se pasó el dorso de la mano por los labios, se fue a la cocina. Volvió al cabo de un minuto con otro vodka con limón. Yo tenía el whisky justo a la mitad, se había disuelto ya el hielo.

—El psicólogo dice que me iría bien hablar —dijo sentándose de nuevo y haciendo con la boca un gesto de desdén—. Qué mierda sabrá él.

—Es su trabajo.

—¡Y Tiny mi hermano! —replicó con indignación.

Advirtió que sería un error dejarse llevar por los nervios, que de ese modo la conversación no iría a ninguna parte, y trató de disculparse a su forma: un ademán lento, unos segundos de silencio.

—Me dijo que sacar las cosas fuera aliviaría el dolor que me provocan dentro —prosiguió, forzándose a recuperar la calma—. Que no me curaré hasta que no asuma que la muerte de Tiny no fue culpa mía.

—Y no lo fue.

—Es lo que decís todos —asintió—, el loquero, Sandra, tú..., pero fue por culpa de alguien, eso seguro.

—De Altagracia —dije.

No pude evitarlo. Me refiero a contestar algo muy distinto de lo que en realidad estaba pensando. Me di cuenta de que llevaba toda la vida pensando unas cosas y diciendo otras, como si fuese indispensable mantener los pensamientos a salvo. No había de extrañarme, pues, que me agotaran tanto las conversaciones con Vanesa, cómo no habrían de agotarme si ninguno de los dos decía lo que realmente quería, si había que inventar sobre la marcha, tener una creatividad constante. Que Altagracia y los suyos fueron los culpables de la muerte de Tiny resultaba a aquellas alturas tan obvio que recordárnoslo a nosotros mismos no era más que una perogrullada. Jorge no se refería a ese tipo de culpabilidad y los dos lo sabíamos. De repente comprendí qué era ese algo que había quedado pendiente de la muerte de Tiny, qué era aquello que se había quedado enquistado en nuestro interior y que ninguno de nosotros reunió jamás el valor para admitir: aceptar que fue culpa nuestra, que lo dejamos solo. Aceptarlo en voz alta.

—¿Qué es esto? —preguntó alguien—. ¿Un puto velatorio?

Nos volvimos. Albert estaba apoyado en el umbral del pasillo y nos observaba con somnolencia y sorna. Cruzó el comedor y se sentó junto a mí. Señaló las bebidas y dijo:

—¿Os lo ibais a beber todo sin avisar?

Se le marcaba en las mejillas la huella de las sábanas. Bostezó, se rascó los testículos. Le hizo gracia y se carcajeó. Albert me recordaba muchas veces a su padre cuando te preguntaba si ya te habían salido pelos en los huevos: directo, franco, pero también un poco rudo. Sonreí y me terminé el whisky para tener algo que hacer. Yo había sido siempre de los primeros en reírme con los exabruptos de Albert, como cuando se tiraba pedos larguísimos, pero en aquella ocasión no me hizo la menor gracia. Miré de reojo a Jorge, que de inmediato hizo lo que imaginé que haría: partirse de risa.

Betu apareció en ese instante, despeinado y bostezando, y no albergué ninguna esperanza en torno a la posibilidad de que la conversación con Jorge prosiguiera entre los cuatro, porque enseguida nos pusimos a bromear y a servirnos más bebida y Albert propuso pasar allí la noche en lugar de salir, propuso emborracharnos y morir en el sofá. Dijo exactamente eso: morir en el sofá.

Cenamos bocadillos de salchichas frankfurt y nos pusimos enseguida a beber. Betu nos contó que estaba pasando una mala racha con la empresa, que los pedidos habían caído inesperadamente y que tenía entre manos una nueva estrategia para tratar de reflotar la situación. Betu se dedicaba a la rotulación: de fachadas, de automóviles comerciales, de vallas publicitarias. Había estudiado Empresariales, le gustaba la banca y se había trazado el objetivo de ser banquero, pero en el último curso conoció a un tipo que compaginaba la universidad con un trabajo por horas de rotulista y Betu quedó fascinado. El tipo le dijo que buenos rotulistas había pocos y Betu se propuso ser uno de ellos. A su familia le pareció un suicidio, una decisión irracional, él, que era tan serio, tan cabal, cómo se le ocurría echar por tierra su futuro como director de banco. Recuerdo la noche que me dijo: En mi casa no lo han entendido. Estaba abatido, él daba mucha importancia a la armonía familiar, necesitaba que la gente con la que compartía su día a día mantuviese un orden, un tono. Mi padre sí me hubiese entendido, añadió. Asentí con la cabeza aunque no supe a qué se refería, su padre llevaba seis años muerto. Contra la opinión de la mayoría, incluida su novia de entonces, de la que se separó, acabó como pudo la carrera y se lo montó por su cuenta en un pequeño local que alquiló a un primo suyo. Para no empezar solo y sin experiencia le ofreció trabajo a su compañero de facultad y cuatro años después, a finales de mil novecientos noventa y nueve, ya disponía de un taller propio de doscientos metros cuadrados y dos trabajadores en nómina. La facturación no había dejado de crecer desde entonces.

—La cosa está muy mal —comentó Albert.

—¿Qué cosa? —pregunté.

Me miró como si yo fuese idiota.

—Pues *la cosa* —contestó—. ¿Quién coño quiere montar hoy en día una empresa? Mira, a mí dame mil quinientos euros al mes y olvídame. Me voy a mi casa y tan tranquilo. Para qué me voy a complicar la vida.

—Yo pienso lo mismo —dijo Jorge.

Betu bajó la cabeza y me pareció que les daba la razón, que le dolía dársela.

—Yo sería ahora director de banco —dijo.

—¡Y ganando una pasta! —exclamó Jorge—. Que ahí donde los ves, los tíos se llevan casi tres mil euros al mes. Ganando eso, quién quiere una empresa.

Al tercer whisky, mientras Betu contaba que probablemente se vería obligado a rescindir el contrato a uno de sus trabajadores, se me pasó por la cabeza llamar a Vanesa, llegué incluso a coger el móvil, pero me lo guardé en el bolsillo de la camisa antes de marcar un solo número. Y entonces recordé lo que me dijo cuando yo estaba a punto de salir de casa: *sólo los cobardes huyen.* Y pensé que quizá todo el problema se reducía a eso, a que yo era un cobarde, a que lo había sido con Tiny y a que seguía siéndolo con todo lo demás. Pero ¿qué significaba eso? ¿Que llevaba huyendo desde aquella tarde en que dejé a Tiny solo frente a las navajas automáticas de Altagracia, Miserachs y Sebastián Coto? ¿Que los cuatro llevábamos veinte años huyendo?

De repente Jorge recordó la tarde que encontramos a Tiny consultando un libro de anatomía porque había leído en una revista porno que un cirujano checoslovaco o ruso te quitaba las tres últimas vértebras de la columna y un par de costillas para que te la pudieras chupar tú mismo. Y la cosa funciona, afirmó Tiny con los ojos muy abiertos, porque en la revista salía un tío que se doblaba y se la chupaba entera. Seguro que es un timo, receló Betu. Bueno, le replicó Tiny encogiéndose de hombros, pero te la chupas.

—Y se pasó un buen rato buscando el nombre de ese médico en las páginas amarillas —rió Jorge.

Reímos con él porque resultaba fácil recordar a Tiny aquel día, repasando los miles de números telefónicos y haciendo caso omiso de nosotros, que le decíamos una y otra vez que las páginas amarillas eran para conseguir fontaneros, cerrajeros y cosas así, no médicos que te extirpaban costillas y vértebras. Como no nos hizo ni caso, lo dejamos por imposible. Finalmente, al cabo de una hora, desistió. Sin embargo, lejos de rendirse, se bajó los pantalones e intentó chupársela por sus propios medios. Se contorsionó de todas las maneras posibles y se desesperó porque la autofelación no era posible. Lo probó todo: de pie, sentado, boca arriba, boca abajo, provocándose una erección para ganar seis o siete centímetros. Lo más gracioso era oírle decir: Tengo que trempar a lo bestia, si trempo a lo bestia llegaré. Cuando por fin se dio por vencido, murmuró: Me duele el cuello. Se había contracturado y estuvo una semana con un collarín. Le dijo a todo el mundo, incluso al médico, que se había caído por las escaleras de casa. No creo que nadie le creyese, pero tampoco nadie supo lo que le había sucedido realmente.

—Joder —dijo Albert—. Si yo llegara, también me la chuparía.

Soltamos unas carcajadas y a mí me costaba cada vez más reír, mis labios querían quedarse rígidos. Me escondí detrás del whisky con naranja para que nadie lo notara y traté de ignorar que había sido Jorge quien había empezado a hablar de su hermano. Albert y Betu también se dieron cuenta, porque en cuanto Jorge hubo pronunciado el nombre de Tiny, se habían mirado entre ellos y luego me habían mirado a mí, dudando de si sería o no pertinente unirse a Jorge. Después de todo, ¿cuántas veces nos había mandado a la mierda por contar alguna anécdota que hiciese referencia a su hermano? Supuse que Jorge estaba realizando uno de esos ejercicios terapéuticos que le había recomendado el psicólogo: hablar de ello, no esconderlo, no disimularlo.

Y fue entonces cuando de verdad empecé a sentirme mal: cuando vi a Jorge intentando superar todo aquello, haciendo esfuerzos por no echarse atrás como tantas otras veces, mientras nosotros sólo rescatábamos del pasado cosas que no servían para nada, que no le servirían a él para nada, porque lo que tenía que superar Jorge no era la ausencia de Tiny, sino las patadas y los latigazos y las vilezas que le infringió siempre, y también el hecho de no haber podido hacer nada por él, no haber podido o no haberse atrevido. Si yo sentía todo eso, cómo no iba a sentirlo él, que era su hermano.

—¿Y recordáis cuando entró en la farmacia a comprar un condón y le pidió a la farmacéutica que se lo pusiera, que él no sabía? —dijo Albert.

Ya no era posible detener las carcajadas. Yo iba por el cuarto whisky y me lo bebí de golpe. Durante un segundo creí que iba a vomitar, pero conseguí tragarme las náuseas. El comedor estaba lleno de humo de cigarrillos y hachís. Busqué la fotografía de Sandra: alguien la había colocado boca abajo.

—¿Y os acordáis de su manía de masturbarse con la mano izquierda? —dijo Betu—. Decía que así parecía que se lo hacía otra persona.

—¿Y de cuando se metía hormigas en la boca y se las comía?

—¿Y os acordáis de cómo murió? —dije.

Fue tan repentino que resultó grotesco el modo en que se volatizaron las carcajadas, las ganas de reír.

—Murió solo —añadí, cabizbajo—. Así es cómo murió. Y lo demás son chorradas. Llevamos años hablando de que se hacía pajas con la mano izquierda, ¿de qué coño sirve eso? ¿Por qué nadie dice que no tuvimos cojones para ayudarlo? ¿Por qué no lo decimos de una puta vez?

—No sabíamos lo que iba a pasarle —dijo Betu.

Lo miré.

—Si ahora estuviera aquí podrías levantarle la camisa y tocarle las cicatrices, Betu —dije—, podrías repasar la cruz invertida que le dibujó Altagracia en la espalda. No me digas que no sabíamos lo que le iba a pasar.

—Déjalo ya, Carlos —murmuró Jorge.

Alcé la mirada y me di cuenta de que Jorge estaba mirando fijamente su vaso.

—Llevamos veinte años *dejándolo* —le dije—. Y lo que tú necesitas, precisamente, es *no* dejarlo. Mírate, joder, vas al psicólogo, tomas pastillas a todas horas, tienes problemas con Sandra...

—¿Qué pasa con Sandra? —preguntó Betu.

—Nada —replicó Jorge, tenía los ojos vidriosos—. He dicho que lo dejéis.

—Lo siento —proseguí—, pero yo no voy a dejarlo. ¡Llevo toda la vida pensando en ello! ¡En lo que *no* hice! —Me importaba un pimiento que se estropeara la noche y la borrachera se convirtiera en ese estado de ánimo en que se convierten todas las borracheras cuando se interrumpen de pronto; bastaba con ver la expresión de nuestras caras para darse cuenta de que no estábamos preparados para afrontar aquello. Y no estábamos preparados por una razón muy elemental: los cuatro sabíamos que yo estaba diciendo la verdad, aunque doliera admitirlo. Me pregunté cómo habían podido transcurrir tantos años sin que ninguno de nosotros hubiese sido capaz de hacer ningún comentario al respecto—. Fui un puto cobarde, eso es lo que fui. Y conste que ahora hablo por mí, vosotros pensad lo que os dé la gana. ¿Creéis que Tiny, si estuviese vivo, habría venido este fin de semana aquí? ¿Creéis que habría venido a alguna de nuestras juergas a recordar lo bien que le pegábamos, a enseñarnos sus cicatrices?

—Basta ya, Carlos... —insistió Jorge apretando con fuerza el vaso.

—¡Claro que no hubiese venido! —exclamé—. Y yo, en su lugar, tampoco. Seguramente a estas alturas ya habría encontrado una chica que lo comprendiera, se habría casado con ella y ninguno de nosotros tendría una foto de recuerdo de la boda porque, sencillamente, no nos habría invitado. No nos hubiese perdonado, tíos. Le habríamos perdido de todos modos. —Me costaba hablar y callé un instante. Tragué saliva y añadí—: No le dimos nada, joder, nada de nada. Sólo hostias y patadas.

Nadie supo reaccionar. No podía creer que estuviese diciendo todo aquello a mis amigos y que lo estuviese diciendo en aquel preciso momento, justo cuando Jorge, por primera vez en mucho tiempo, se había atrevido a hablar abiertamente de su hermano. Mantuve la mirada en el vaso para no encontrarme con los ojos de nadie y deseé estar en otra parte, hablando de otra cosa.

—¡Mirad cómo estamos, coño! —exclamé—. Enfermos, colgados del pasado, peleados con nuestras mujeres, trabajando en cosas que, en el fondo, detestamos.

—Yo estoy bien con Lidia —dijo Betu.

—Sí —asintió Albert—, y yo estoy de puta madre en el taller, soy fijo y gano una pasta.

—Tú eres mecánico porque tu padre era mecánico —repliqué, una ola de calor me trepó por el cuello—. Y yo trabajo en el ayuntamiento porque mi padre trabajaba en el ayuntamiento. ¡Nos hemos conformado, joder!

—Venga, Carlos, déjalo ya —murmuró Jorge, pero lo decía ya sin convicción, como si él comprendiera mejor que nadie mis palabras pero la situación lo violentara—. Vamos a liarnos otro porro y en paz, ¿de acuerdo?

—Estás enfermo, Jorge —dije mirándole directamente a los ojos—. ¿Quieres morirte tú ahora? Adelante, coge las putas pastillas y trágate el frasco entero y luego te bebes toda la botella de vodka. ¿A quién coño le importa?

—Vete a la mierda, tío.

—¡No, vete tú, a la mierda! Pero antes de irte escucha esto: hagas lo que hagas, Tiny seguirá muerto, no lo vas a traer de vuelta.

Hizo un leve gesto de rabia con los puños. Estoy seguro de que en ese momento le hubiese gustado darme un puñetazo o una patada, o estrellarme el vaso en la cabeza, como hizo aquella noche con Pancho Luna.

Había tanto alcohol en sus ojos, tanto dolor, que lo creí capaz de cualquier cosa.

—No sabes de qué hablas —susurró moviendo la cabeza.

—Te equivocas —contesté—. Sé muy bien de lo que hablo.

Cogí la botella de whisky, desenrosqué el tapón y, cuando ya estaba a punto de servirme otro trago, me detuve. Desde que les había preguntado a todos si recordaban cómo había muerto Tiny, mi voluntad no parecía mía, sino algo que avanzaba sin control por delante de mí. Albert había expresado su deseo de morir aquella noche en el sofá, y eso era precisamente lo que estábamos haciendo: morir un poco. Aunque al mismo tiempo también me sentía vivo haciendo aquello que no había hecho en la vida, al menos no con tanta sinceridad: decir lo que pensaba. Volví a dejar la botella de whisky en su sitio, quería estar sereno.

El silencio trajo de vuelta los huesos y las camisetas roídas de Altagracia, Miserachs y Sebastián Coto, las palabras Iron Maiden deshilachadas ya para siempre y hundidas donde en otro tiempo hubo un pecho, unas costillas, una vida. Cuéntalo ahora, me dije, cuéntalo ahora que se han callado todos y nadie dice nada. El corazón me daba golpes en el pecho.

—Vanesa y yo nos vamos a separar.

Se lo dije a ellos y al mismo tiempo me lo dije a mí mismo. No era por supuesto la primera vez que la idea se me pasaba por la cabeza, pero sí la primera que la expresaba en voz alta.

—Sólo quería que lo supierais —añadí.

—Tío, haber empezado por ahí —dijo Betu.

Me di cuenta del error.

—Lo que pienso de Tiny no tiene nada que ver con eso —me apresuré a aclarar.

—Todo afecta —intervino Albert.

Me ofreció whisky, su manera de mostrarse solidario, amigo, pero lo rechacé. Sentí cómo todo cuanto había dicho hasta ese momento se desvanecía como el humo de los cigarrillos y los porros, cómo se perdía sin surtir ningún efecto. Había quedado como un estúpido, como un pobre tipo afectado por sus conflictos conyugales. Dentro de unas horas nadie se acordaría de lo que había dicho sobre Tiny, nadie querría acordarse. Habíamos vivido veinte años así y podríamos vivir otros veinte de la misma manera, sabíamos cómo hacerlo.

—Tengo que contaros algo —dije.

Levantaron la mirada de sus vasos y vi en sus rostros una expresión ausente, no debida únicamente al vodka y al whisky, sino también a la decepción, a lo que suponía haber empezado la noche con la intención de pasarlo en grande y acabarla escuchando mis sandeces. Me había cargado el clímax de la fiesta y no me pareció que hubiese en la actitud de nadie el deseo de recuperarlo. Supuse que lo de Vanesa los había afectado más que lo de Tiny, al fin y al cabo ellos también tenían sus mujeres y sus propios problemas con ellas, se trataba de una cuestión más cercana, pertenecía al presente.

—Esta semana he estado en los desagües de la carretera.

—No jodas —dijo Albert.

—Toda la semana —asentí—. Quieren reactivarlos.

Ocurrió entonces algo curioso. Nadie se arrancó a pormenorizar el día en que se nos ocurrió meternos en los túneles, nadie recordó nada, ni una palabra, nadie habló de las bolsas Mirsa en los pies ni de las linternas.

En lugar de eso se quedaron los tres callados y desapareció de sus caras la expresión de abatimiento o hastío. Me miraron fijamente, esperando. Durante un instante pensé: es el olfato de los Játac, saben que ha ocurrido algo. Pero sólo se trataba del miedo, de ese miedo que lleva años en el olvido y reaparece de nuevo sin previo aviso. En aquel momento supe lo que estaban pensando, lo supe con la misma seguridad que si lo hubiesen dicho en voz alta. Estaban pensando: si no hubiésemos ido a los desagües... De repente sentí como si esos veinte años no hubiesen transcurrido.

—He encontrado los cadáveres de Altagracia, Miserachs y Sebastián Coto.

Fue como si no hubiera dicho nada, al menos durante los primeros cinco segundos. Luego, Albert y Betu se miraron fugazmente, tal vez preguntándose el uno al otro si yo les estaba tomando el pelo, y Jorge levantó lentamente la cabeza y me clavó los ojos. Busqué en ellos una confirmación, un rastro, como dicen que se reflejan los gritos de las víctimas en los ojos de sus asesinos, pero no encontré nada, sólo sorpresa, o acaso horror de haber sido descubierto. Imaginé que nos confesaba su crimen en aquel momento, de sopetón: fui yo, yo los maté.

—El miércoles —añadí apartando la mirada—. Murieron en el agujero.

—Estás borracho —rió Albert.

No rió nadie más. No quise volver a mirar directamente a Jorge porque sabía que él seguía mirándome a mí, tenso en el sofá, apretando el vaso de cristal que temí estallara de pronto entre sus dedos. Betu, por algún motivo, debió de adivinar que yo hablaba en serio, porque aplastó la punta casi invisible del porro en el cenicero, se inclinó hacia mí y dijo, muy serio:

—Como broma no tiene gracia.

—No es una broma —aseguré.

—Es imposible —dijo Albert dejando de reír. Vi reflejado en su cara lo que ninguno de nosotros vio jamás en ella, no con tanta nitidez: miedo. Quizá fuese una estupidez por mi parte, pero a mí me decepcionó, había esperado otra reacción, ignoraba cuál, pero desde luego no aquélla, no aquella en la que no sólo se manifestaba con absoluta claridad que Albert hubiera preferido no oír nada de los cadáveres, sino también que ardía en deseos de regresar a casa y olvidarse de todo al amparo de su vida cotidiana. De haber podido rebobinar y borrar el último minuto de su vida, lo habría hecho sin un asomo de duda, como si en su interior no quedara ya nada del niño decidido que fue o no quisiera recordarlo, como si no le importara traicionarlo, del mismo modo que yo tampoco tenía apenas nada del niño impulsivo que había sido.

—No puede ser —insistió, y dio la sensación de que lo suplicaba—. Han pasado un montón de años. Estarían en los huesos, tío. Y todos los huesos son iguales.

—¿Cómo sabes que eran ellos? —preguntó Betu.

—Por las camisetas —respondí—. Y las cadenas, y las botas.

Nos sumimos en un silencio lleno de los ruidos del pasado. Hubiese jurado que estábamos los cuatro pensando que, después de todo, aquellos tres merecían estar muertos y merecían haber muerto de aquel modo: solos, sin nadie que pudiera ayudarlos, pudriéndose en la negrura de un túnel cualquiera. Pensábamos también en el entierro con ataúdes vacíos que ofició el padre Julio, en los muchos rumores que corrieron después por la ciudad, rumores que nunca desaparecieron y que a lo largo de los años situaron a Altagracia, Miserachs y Sebastián Coto en lugares tan dispares del planeta como Bahamas, Sudáfrica o Nueva Zelanda, dueños los tres de identidades nuevas y documentos falsos.

—Dios mío —murmuró Betu.

Conté cómo había tenido lugar el descubrimiento de los cadáveres, detalle a detalle, y de vez en cuando echaba una ojeada a Jorge, que se mantuvo en todo momento cabizbajo y callado, con los nudillos blancos de tanto apretar el vaso. Al terminar, Betu y yo nos miramos porque los dos habíamos sido interrogados por la policía, los dos habíamos estado dentro de un coche patrulla, los dos sabíamos, en definitiva, lo que representaba que la policía descubriera los cuerpos: recuperarían el caso y en los archivos aparecerían nuestros nombres, lo que dijimos en el interrogatorio, quizás incluso existía algún informe en el que se detallaba que Jorge SanGabriel, hermano de la víctima, armado con unas tijeras, había dedicado varios días a montar guardia en el puente de la carretera 340. Recelarían y bajarían al agujero en busca de pruebas, vendrían agentes especiales con lupas y cepillos y detectores infrarrojos a poner boca abajo la madriguera y encontrarían nuestras huellas dactilares, nuestra orina seca, los excrementos de Tiny. Si Jorge les había clavado las tijeras lo detectarían enseguida, no les pasaría por alto.

—¿Y qué les pasó? —preguntó Betu—. Quiero decir, ¿cómo es posible que muriesen allí?

Miré de reojo a Jorge. Él se miraba los zapatos.

—Bueno —dijo Albert—. ¿De qué os extrañáis? Eran unos hijos de puta. Quizá jodieron a alguien más hijo de puta que ellos y se acabó el cuento. Un simple ajuste de cuentas.

Me pregunté si en algún momento se les habría pasado por la cabeza, a él y a Betu, la posibilidad de que los hubiese matado Jorge, si acaso no relacionaban los cadáveres de los desagües con las tijeras y las guardias y esa devoción extrema por Tiny que despertó en Jorge después de su muerte. Quizá sólo lo pensaba yo, una mente enfermiza la mía, la de ellos lo bastante lúcida para descartar la barbaridad de que aquellos tres se dejaran matar por un chaval armado con unas vulgares tijeras de trabajos manuales.

—Pues tenemos que volver —dijo Betu mirándome.

—¿Volver? —dijo Albert—. ¿Volver a dónde?

—A los desagües —respondió Betu.

—¿Qué?

—No podemos dejar allí los cadáveres. Creerán que fuimos nosotros.

—¡Qué coño van a creer que fuimos nosotros! —replicó Albert.

—Hoy en día te meten en la cárcel por un microgramo de piel o una gota de sudor —explicó Betu.

—¡Qué gilipollez! —exclamó Albert—. Han pasado un montón de años, tío. ¡Qué mierda de trozos de piel míos va a haber en ese agujero!

—Nunca se sabe.

—¡Tengo treinta y cuatro años y un trabajo fijo! Mi mujer está embarazada. Soy un ciudadano normal, coño. ¡Cómo van a creer que fui yo!

De repente Jorge se inclinó hacia delante y vomitó sobre la mesilla de café, manchando paquetes de tabaco, papel de fumar y la piedra de hachís que él mismo había comprado tres días antes. Nos dimos un susto de muerte, porque fue especialmente violento, como si Jorge fuese a partirse por la mitad. No pude evitar mirar cómo entre los restos regurgitados de cena y vodka con limón se movían, medio disueltas, las cápsulas de colores que él decía cambiaba al psicólogo por recuerdos. Quisimos ayudarlo a incorporarse, pero él nos rechazó con el brazo.

—¡Dejadme en paz! —gritó.

Un acceso de tos le rompió la voz y volvió a vomitar, ya sólo expulsó líquido. El olor a bilis se extendió rápidamente por el comedor y tuve que apartar la mirada enseguida para sofocar una arcada. Albert y Betu se pusieron en pie y se alejaron un par de pasos; Betu salió al balcón. Jorge se puso en pie trabajosamente, un hilo de saliva le colgaba del labio, se apoyó en el cabezal del sofá, esperó a mantener el equilibrio y luego salió del comedor. Un instante después, la puerta del baño se cerró con estrépito.

El portazo sonó en el comedor como un punto final, y los demás nos quedamos como si no supiéramos avanzar a partir de ese punto, de ese escollo insalvable que significaban siempre los arrebatos de Jorge: sentirnos culpables, miserables, casi torturadores psicológicos. Albert se había sentado de nuevo en el sofá sin ánimo de hacer otra cosa que estar allí sentado, moviendo la cabeza y murmurando que no podía ser, el puto Altagracia, no podía ser. Betu permaneció en el balcón fumándose un cigarrillo, con la mirada perdida en el cielo negro, en la calle, en sus zapatos. Había sido el único que había dado muestras de entender la gravedad de la situación, el único dispuesto a comprometerse, pero su silencio posterior fue suficiente para mí: todos tenían ya sus propios problemas, su vida montada, ¿quién era yo para venir a hacérsela pedazos?

—Voy un momento al coche —dije.

Nadie se movió. Les eché un último vistazo, recogí mis cosas y, ya en el pasillo, golpeé la puerta del baño.

—¡Voy un momento al coche!

Fue mi manera de decirles adiós. No quería que trataran de convencerme ni que, dadas las circunstancias, tomaran la decisión de marcharse conmigo. Quería irme solo. Estoy convencido de que si yo hubiese tenido la paciencia de aguardar un par de horas más, si hubiera insistido en lo que suponía la posibilidad de ser acusados de asesinato, al final Albert y Betu habrían decidido acompañarme a los desagües a retirar los cadáveres, no me habrían dejado solo. Pero yo sólo ansiaba poner distancia, coger el coche y volver a casa. Mi vida llevaba más de veinte años estropeada y no se me ocurría qué tenía que hacer ahora para repararla. ¿Cómo coño se reparaba una vida?

Al entrar en el coche y meter la llave en el contacto, me di cuenta de que había pasado por alto un detalle: no estaba en plenas facultades para conducir. El whisky había creado una burbuja en mi cerebro y me hacía casi flotar. Pues me mato y punto, decidí, y solté una carcajada. Ya había conducido así muchos otros sábados por la noche, no iba a pasarme nada. Cuando entré en la autopista, el reloj del salpicadero marcaba las once y cincuenta minutos. En ese momento sonó el móvil y pensé en Vanesa; deseé que fuese ella para decirle no sabía qué. Era el número de Betu. No contesté.

Llegué a Sant Boi a las tres y cinco minutos de la madrugada. Me dolía el estómago y, en general, me encontraba bastante mal, pero no se me ocurriría desfallecer en aquel momento, no me doblegarían unos retortijones en el vientre. Había sido un viaje horrible, la autopista un túnel oscuro al que no había manera de encontrarle el final. Había recorrido la mayor parte del trayecto de forma mecánica, los ojos fijos en el asfalto, envuelto por la música de Bryan Ferry y pensando en nada y en todo a la vez.

Al aparcar y bajar del coche recordé haberme detenido en un área de servicio a la altura de Lérida a mojarme la cara y comer algo, a tomar un café, y recordaba también que conforme iban transcurriendo los minutos había ido remitiendo el mareo del whisky y aumentando una indefinible sensación de soledad, de agotamiento. Sabía que en casa me esperaba Vanesa y no estaba dispuesto a repetir lo de siempre. ¿De qué habría servido lo de Zaragoza? «Vanesa y yo nos vamos a separar.» Lo había verbalizado, echarse atrás ahora sería un acto de cobardía, uno más. Tengo que hacerlo, me envalentoné, tengo que hacerlo, pero primero las llaves, los desagües, primero eso y después lo otro.

Entré en casa y oí el rumor del televisor. Vanesa no se quedaba nunca hasta tan tarde viendo la televisión.

Cerré despacio la puerta, dejé la bolsa en el suelo y avancé por el pasillo deseando que se hubiese quedado dormida. Me pesaban una tonelada las piernas, pero notaba el suelo firme bajo los pies, la cabeza de nuevo despejada, despejada o definitivamente ida. Antes de entrar en el comedor, iluminadas las paredes y los muebles por las imágenes parpadeantes de la televisión, distinguí la figura de Vanesa tumbada en el sofá en ropa interior. Estaba dormida, me acerqué de puntillas para no turbar su sueño ligero. Las llaves del almacén de materiales del ayuntamiento se hallaban en el primer cajón del mueble, junto al móvil de la empresa y la agenda. Tiré del cajón con suavidad, cogí las llaves. Me pareció que estaba haciendo un ruido espantoso. Entonces me alcanzó un olor desconocido, un perfume.

Me di la vuelta y me encontré con los ojos abiertos de Vanesa. Hice un leve gesto con la cabeza que pretendió ser un saludo. Ella permaneció tumbada, lejana, al cobijo de la penumbra. Apreté el manojo de llaves, me las guardé en el bolsillo. Imposible marcharse ahora.

—Tienes razón —dije.

No se movió.

—Soy un cobarde.

—¿Te lo han dicho tus amigos?

No sonó irónico. Conocía sus ojos: además de somnolientos, estaban heridos, no heridos por un enfado transitorio o leve, sino por lo que seguramente sabían que se avecinaba. Vanesa era muy intuitiva, se adelantaba a la mayoría de situaciones.

—Siento cómo ha ido todo —dije.

Permanecí de pie, sin moverme. ¿Y si todo aquello era un error? ¿Y si era yo quien se estaba equivocando? La luz que procedía del televisor cambiaba de color a toda velocidad, mareaba. Encendí la lámpara de pie que me servía para leer y me pregunté si volvería a utilizarla algún día. Vanesa reaccionó mal a la luz, guiñó los ojos. —He estado pensando en lo nuestro —dije—. Y creo que no funciona. Creo que deberíamos dejarlo. Ya estaba dicho, lo había expulsado. Lo que me daba más miedo era que Vanesa no trataría de convencerme de lo contrario, no me pediría ni un minuto de reflexión. Nuestro futuro dependía exclusivamente de mí.

—Muy bien —suspiró. Apagó el televisor, recogió las piernas sobre el sofá y me miró—. ¿Estás seguro?

—Supongo que sí.

—¿Supones?

—Primero quería hablarlo contigo.

—Pues no has puesto mucho empeño.

—Ya te he dicho que lo siento.

Sonrió, ahora sí, irónicamente. Aquel modo de conversar era un puñetero callejón sin salida. Me quedé en blanco. No soportaba que Vanesa continuara con esa actitud de depositar en mí toda la responsabilidad de la ruptura, como si ella no tuviese nada que opinar. Me vinieron a la cabeza los vómitos de Jorge, las píldoras disueltas con la cena y el vodka. Me pregunté si alguien que hubiese matado con trece años a tres chicos de quince reaccionaría así al enterarse de que sus amigos conocían la existencia de los cadáveres. En ese instante, frente a Vanesa, pensé que tal vez me había marchado demasiado pronto de Zaragoza, que tal vez Jorge, si le hubiésemos concedido el tiempo suficiente, nos habría confesado su triple crimen.

—No seremos felices, Vanesa.

Su cara reflejó un cambio, pero no dijo nada.

—El amor tiene que ser otra cosa —añadí.

—¿El amor? —dijo—. Tú nunca hablas del amor. Te da vergüenza.

—Estoy hablando en serio. Mira, he hecho trescientos kilómetros borracho para venir a decírtelo, vengo hecho una mierda. No aguanto más esta situación. Mala racha, buena racha, mala racha, buena racha. ¿Cuántos años llevamos así? —Fui a la puerta del balcón, regresé, permanecí de pie—. No me importa cómo viven los demás, no sé si puede vivirse de otra manera. Sólo sé que yo no quiero vivir así.

—Para mí es mucho más sencillo. Si quieres lo dejamos y ya está, no hay por qué darle tantas vueltas. Lo único que necesito saber es por qué.

—Porque llevamos un montón de años juntos y hacemos las cosas porque *tenemos* que hacerlas. —Desvié la mirada para evitar un instante sus ojos escrutadores—. Lo nuestro es pura rutina —proseguí—. Podríamos vivir con los ojos cerrados y no notaríamos el cambio. Y la pregunta es: ¿queremos vivir así?

—Supongo que no.

No frivolizaba, ya no; se trataba de la vida de los dos. Bajó la mirada sin saber qué decir. Era como si durante aquellos años sólo hubiéramos representado una farsa o nos hubiésemos obsequiado mutuamente con una broma. El modo en que estábamos poniendo fin a nuestra relación resultaba intranscendente, ¿qué coño de relación podía romperse de ese modo sin que sucediera nada? Intenté decir algo apropiado, algo por los años que habíamos compartido. ¡Joder, que nos estábamos diciendo adiós para siempre!

—Jorge y Sandra también lo han dejado.

Me salió eso. Entonces pensé que ese *también* ayudaría a dar por hecho que nuestra ruptura se había producido realmente, algo así como decirlo sin decirlo.

—Pues será una epidemia —dijo.

Nos quedamos en silencio y me entraron ganas de llorar. Tuve el impulso de decirle que la quería, pero habría sido una estupidez o una contradicción, o una mentira, supuse que sonaría fatal. Respiré hondo y logré tragarme las lágrimas. Entonces capté de nuevo aquel olor desconocido, aquel perfume agradable. Alcé la cabeza, olisqueé el aire.

—Es Anaïs Anaïs —anunció Vanesa, muy seria—. Me la he comprado hoy. ¿Te gusta?

Recordé entonces la de veces que yo había bromeado diciéndole que me divorciaría de ella si se le ocurría cambiar Eau Fraîche por otra colonia. Aquella casualidad, que tratándose de Vanesa no tenía nada de casual, me golpeó con fuerza y me asustó, porque confirmaba lo que acababa de ocurrir entre nosotros con mayor contundencia que la que habíamos logrado con palabras. Sin Eau Fraîche Vanesa era otra persona, y yo también.

—Lo sabías, ¿verdad? —dije.

—No sabía cómo decírtelo —asintió bajando la mirada.

—Yo tampoco.

Tenía que marcharme cuanto antes, pero me senté en el sofá. Un momento y me voy, me dije, sólo un momento. Cerré los ojos. Permanecimos un rato sentados sin decirnos nada, mirando el televisor apagado, Vanesa con el mando a distancia en la mano aunque sin decidirse a utilizarlo. Nuestras rodillas se tocaban ligeramente, la mía oculta en el pantalón, la suya desnuda, allí juntas como despidiéndose porque no volverían a tocarse nunca. Supongo que por ese motivo ni ella ni yo hicimos ademán de apartarnos y dejamos que se fueran consumiendo aquellos minutos que sabíamos eran los últimos.

Finalmente, ella se levantó con dificultad y murmuró
que se iba a dormir. Supuse que se refería a que aquella
noche ya no dormiríamos juntos. Observé su espalda
alejándose por el pasillo, su espalda quebradiza y llena
de pecas en la que a veces le repasaba las vértebras con
el dedo diciéndole que con ella no serían necesarias las
radiografías, que con ponerla a contraluz bastaría; una
espalda que tampoco volvería a acariciar. Miré la mesilla de café: allí no había botellas de whisky ni de vodka,
ni paquetes de cigarrillos, ni hachís. Sólo un mando a
distancia y una revista del corazón. Pronto no habría
nada.

Unos minutos después entré en la penumbra del dormitorio y escuché la respiración de Vanesa. No me pareció que estuviese dormida, pero ella tampoco me confir-
mó lo contrario.

—Tengo que salir un momento —dije.

Me aseguré de que llevaba las llaves del almacén en el
bolsillo y salí a la calle. Al inclinarme para abrir la portezuela del coche me encontré conmigo mismo en el cristal de la ventanilla. Mi aspecto era deplorable. No estaba únicamente despeinado y sudado y cansado, además
me sentía sucio y desorientado, no quedaba nada del
Carlos que yo conocía. Sólo unos días antes yo tenía una
vida normal, o eso me había parecido hasta aquel momento, ¿qué hacía ahora a las cuatro y media de la madrugada en la calle?

Conduje hasta Sant Feliu tratando de ignorar el dolor que me atenazaba los músculos de las piernas y la
espalda; tenía la sensación de llevar tres días conduciendo
sin parar. La carretera se extendía frente a mí muy soli-

taria, muy desconocida. Recorría aquel trayecto a diario
para acudir al trabajo, conocía cada detalle de su recorrido: el semáforo para incorporarme a la carretera C-235,
el ceda el paso para tomar el cinturón del litoral y luego
la autopista AP-2, el edificio de la KD como referencia
antes de girar a la izquierda hacia la carretera 340... Aquella madrugada, sin embargo, todos esas referencias visua-
les habían perdido su familiaridad, aquellas carreteras y
calles podían llevar a cualquier parte excepto a donde
llevaban realmente; parecían un decorado todavía vacío
o incompleto, iluminado por miles de puntos de luz que
rebotaban a mi alrededor, como si el mundo hubiese
estado cubierto con un techo de cristal y alguien acabara
de hacerlo saltar en pedazos.

Detuve el coche frente al almacén de materiales del
ayuntamiento y observé durante unos segundos la persiana metálica, los candados, la placa de vado municipal,
los desconchones de pintura que pronto nos harían pin-
tar. Llevaba años llegando allí cada mañana, toda la vida
levantando aquella persiana, cargando herramientas. ¿Por
qué llevaba tantos años si yo detestaba ese trabajo?

Descendí del coche y cerré la portezuela con sumo
cuidado. Eché un vistazo a las casas que rodeaban el almacén: nadie. Y quién coño va a haber, pensé, si son más
de las cuatro de la madrugada. Saqué el manojo de llaves
del bolsillo, me acerqué a la persiana metálica y abrí los
dos candados. Me temblaban las manos. Agarré uno de
los tiradores y tiré de la persiana hacia arriba hasta dejar un hueco de medio metro; no pude evitar que hiciera un poco de ruido. A mí me sonó como si se viniera
abajo todo el edificio. Miré de nuevo a derecha e izquierda, me puse en cuclillas y me deslicé en el interior. Aquel
olor a humedad y a polvo estancado, a herramientas y

ropa sucia, me era ya tan familiar que, por un instante, creí que, sencillamente, me había vuelto loco. Aquellos olores significaban trabajo, rutina laboral, no incursiones solitarias de madrugada, como un delincuente. Cogí un saco de cemento rápido, una gaveta y un paletín y lo cargué todo en el maletero del coche. Bajé la persiana y coloqué de nuevo los candados. Una vez sentado al volante me llevé una mano al pecho, al corazón que latía como si ya no fuera a detenerse nunca. ¿Iba de verdad a hacer lo que me había propuesto hacer? No se trataba desde luego de algo que la gente tuviese por costumbre hacer en su día a día, no la gente que vivía como se suponía que había que vivir.

Llegué a la altura del puente de la carretera 340 y descendí a la riera. Caminé entre la maquinaria y los materiales que, a oscuras frente al agujero de los túneles, aguardaban a que llegáramos nosotros el lunes. Me acerqué al arcón de madera donde guardábamos diversos utensilios y algunas herramientas, solté el candado y extraje una linterna del interior. Antes de entrar en los desagües, vertí agua del bidón en la gaveta y volqué dentro una tercera parte de cemento rápido. Preparé la mezcla. Coloqué luego la gaveta encima de una carretilla, cogí la linterna y me dirigí a la entrada del túnel.

Dado lo que me aguardaba allí dentro, tuve la sensación de que penetraba en el nicho gigante de un cementerio. Pensé una vez más en el nicho de Tiny, en que también él se habría quedado ya en los huesos como se habían quedado quienes lo mataron, y que únicamente quedaría de él la ropa de la primera comunión con que lo enterraron. Por dos veces estuve a punto de volcar la carretilla y echar a perder la mezcla de cemento rápido. Sólo pensaba en terminar, en terminar y olvidarme.

Los túneles eran muy distintos a cuando sabías que en el exterior te esperaba la luz del día, a cuando te acompañaban tus amigos o tus compañeros de trabajo; los túneles, a solas, respiraban, te acechaban, cambiaban de rumbo sin previo aviso. Alcancé el último recodo y llegué al agujero donde reposaban las camisetas deshilachadas y las cadenas, las calaveras. La linterna no podía con la oscuridad, tampoco con el temblor de mis manos. Olía mal, pero no supe exactamente a qué. Tuve que arrastrar la escalera y colocarla en su sitio para bajar al foso, traté de afianzarla lo suficiente para no caer. Al llegar abajo, sujetando a duras penas la gaveta y la linterna, perdí ligeramente el equilibrio y pisé lo que me pareció era la pierna de Altagracia: el hueso se partió y se pulverizó bajo mis pies.

—Mierda.

Me di cuenta de que no había traído nada para protegerme las manos. ¿Cómo pensaba coger aquellos huesos, aquella ropa podrida? El panorama era repugnante, parecía que los hubiera matado yo y ahora me dispusiera a ocultar las pruebas, o quizás iba a ocultar las pruebas que incriminarían a Jorge. Busqué el interruptor de luz, lo accioné y la bombilla no respondió. Probé de nuevo: nada. Improvisé con la linterna: la coloqué sobre la mesilla de forma que su haz rebotara contra la pared y me alumbrara lo suficiente para no seguir rodeado de oscuridad.

Decidí empujar los restos a base de golpearlos con la suela del zapato. Empezaría por Altagracia. Antes de empujar su cabeza, le toqué la sien con la puntera del zapato y pensé: a lo mejor fue aquí donde golpearon a Tiny. Imposible saberlo e imposible también hallar la huella de unas tijeras en las camisetas, cualquier desgarro de la ropa podría deberse a eso o a cualquier otra cosa, a la humedad, a las ratas. Si había sido o no Jorge sólo él lo sabía, sólo él y acaso sus víctimas, y si yo no había reunido el valor para preguntárselo, no quedaba si no acostumbrarme a convivir con esa duda hasta que transcurrieran veinte años más y luego otros veinte y todo quedara lo bastante lejos para que ya no mereciese la pena.

Poco a poco lo fui arrinconando todo en la esquina del foso más alejada del túnel. Me atormentaba la idea de estar turbando su descanso eterno, quién era yo para descoyuntar aquellos cuerpos, para amontonarlos a patadas, aquello se llamaba sacrilegio. La mayoría de huesos se rompían o desmenuzaban con sólo tocarlos, al hacerlo se desprendían pequeñas partículas que eran apenas visibles en la escasa luz que la linterna proyectaba contra la pared, y la ropa, que estaba húmeda o mojada por no quise averiguar qué líquidos, se convertía en jirones que se quedaban adheridos a la suela de los zapatos sin que hubiera después forma de librarse de ellos. Resultaba escalofriante hacer rodar los cráneos, imaginar que un día tuvieron ojos, dientes y cabellos, ojos que inspiraban terror cuando te miraban en el recreo, aunque fuera sólo durante un instante. Ahora aquellas cuencas estaban vacías y también lo estaban sus dueños, los tres allí a mis pies, indefensos, tal y como nos hubiera gustado tenerlos cuando éramos niños y Tiny ya estaba muerto. Quise sentir rabia, odio, quise pisotear el montón de huesos en que se habían convertido aquellos tres pobres desgraciados hasta que todo quedara reducido a polvo, pero no pude, no pude porque se trataba de tres niños, joder, tres niños que serían siempre eso, niños, niños que sus padres no habían visto crecer, como los señores SanGabriel no habían visto crecer a Tiny. Yo, en cambio, sí había crecido, había tenido la oportunidad. Qué más daba lo terroríficos que nos hubiesen parecido en el pasado, ahora no eran más que tres niños muertos por un estúpido ajuste de cuentas de críos.

Tardé casi diez minutos en amontonarlo todo y no dejar en el suelo del foso más que unas manchas que no me atreví a limpiar. Me picaban los ojos debido al sudor que me resbalaba por la frente y se colaba por mis lagrimales. Volqué parte del contenido de la gaveta sobre los restos y dejé que el cemento rápido los fuese cubriendo lentamente. Luego, ayudándome con el paletín, acabé de rellenar los espacios por donde escapaba un pedazo de tela, la astilla de un hueso. Cuando acabé, lo observé desde lejos: el añadido parecía sólo una prolongación caprichosa de la pared, sería imposible adivinar que bajo aquella especie de bloque de cemento había tres cadáveres.

Recogí la gaveta, el paletín y la linterna y trepé por la escalera, tan inestable como siempre. Al llegar arriba me fallaron las rodillas; sencillamente, se me doblaron. Tuve tiempo de apoyarme en la pared y sentarme antes de caer redondo al suelo. Cerré los ojos. Temí quedarme inconsciente allí dentro y que me encontraran el lunes los compañeros o, peor aún, la policía. Respiré hondo y traté de mantenerme despierto. Sólo necesitaba recuperar el aliento, tranquilizarme.

Transcurrió un minuto, dos, tres, una eternidad. Altagracia, Miserachs y Sebastián Coto sí llevaban allí una eternidad, más de veinte años. Me pregunté una vez más cómo era posible que hubiesen muerto en su madriguera si la conocían a la perfección y habían bajado y subido de ella cientos de veces, si incluso yo acababa de hacerlo. Era evidente que tenía que haberlos matado alguien, quizás alguien más hijo de puta que ellos, como había sugerido Albert. Por sí solos no se habrían quedado allí abajo a morir, no había que subir más que una simple escalera para salir. *Una simple escalera.* Noté un vuelco en el pecho.

—Dios mío.

La escalera. No estaba en su lugar. No estaba en su lugar el día que descubrí los cadáveres ni tampoco ahora al venir a enterrarlos, no estaba donde se suponía que había estado siempre, es decir, introducida en el agujero, sino tirada en el suelo del túnel, tirada de cualquier manera. ¡Cómo no me había dado cuenta, si había tenido que arrastrarla media docena de metros para introducirla en la madriguera! ¡Cómo no me había dado cuenta, si había tenido que dejar la gaveta con el cemento y el paletín en el suelo para moverla! Aquello era lo que no me había encajado la primera vez, lo que había conferido un aspecto distinto a aquella parte del túnel y que yo achaqué a mi imaginación.

Un terrible presentimiento comenzó a abrirse paso en mi cabeza. Me incorporé y enfoqué con la linterna la parte del túnel donde había encontrado la escalera. Me acerqué, siete pasos. El haz luminoso de la linterna rastreó el suelo agrietado, las paredes combadas, la suciedad. Me pareció oír un movimiento huidizo a lo lejos, en la negrura casi insoportable que me envolvía, ratas, tal vez. Descubrí entonces algo en el suelo, justo donde había estado tirada la escalera, un trozo de papel o de plástico. Me incliné y un largo escalofrío me recorrió la espina dorsal: era el billete de cien pesetas de Jorge, *Jódete, Altagracia, 1981*, plastificado con Iron-fix.

Lo recogí y choqué contra la pared porque ya no veía

el túnel, sino a Jorge, a Jorge acercándose silenciosamente por los desagües mientras abajo, en el agujero, los asesinos de su hermano, creyéndose a salvo en su escondite, ignoraban que alguien iba a sepultarles para siempre retirándoles la escalera de la pared. Traté de imaginar su lenta agonía, lo que debieron de chillar pidiendo auxilio hasta que se quedaron sin fuerzas y murieron a sólo cinco metros de la salvación. Entendí por qué la mesilla estaba pegada a la pared y daba la sensación de que alguien había intentado colocar dos sillas encima para trepar, por qué los huesos de Altagracia, Miserachs y Sebastián Coto habían quedado tan juntos, casi uno encima del otro, como si hasta el último momento hubiesen querido subirse los unos sobre los hombros de los otros para escapar. Una muerte horrible aquélla, lo bastante para dejar secuelas en Jorge para toda la vida.

Fue la tarde que hizo novillos, resolví de repente, la tarde que la policía lo llevó a casa y él me contó después, más nervioso de lo habitual, que había perdido el billete. Comprendí en ese instante que estuvo a punto de decirme lo de la escalera, pero en el último segundo se arrepintió y, en lugar de confesarme que Altagracia y los suyos estarían probablemente muertos al cabo de una semana, lo que me dijo fue que soñaba cada noche con Tiny y que haría cualquier cosa por él. Y también había estado a punto de confesármelo hacía sólo unas horas en su casa, cuando me dijo que necesitaba alguien a su lado que no estuviese sereno y yo cambié de tema porque me había dado miedo lo que pudiese contarme.

No habíamos entendido nada. Me refiero a los Játac. Habíamos rehuido y juzgado a Jorge sin tener ni puñetera idea de por qué quiso enterrar el recuerdo de su hermano y rehuyó siempre hablar de él, de por qué no había forma de que pudieran ayudarlo los psicólogos. Te vengaste, cabrón, susurré, tuviste cojones. Me senté de nuevo y observé de cerca el billete de cien pesetas, ese billete que venía directamente del año mil novecientos ochenta y uno y que Jorge utilizó para rubricar su crimen como sin duda habrían hecho los asesinos ilustres de sus novelas. Me entraron ganas de reír, de reír a carcajadas, pero enseguida me di cuenta de que estaba llorando, de que estaba llorando lo que tendría que haber llorado hacía muchos años. Lo siento, Tiny, sollocé, lo siento mucho. Y al abrir los ojos vi multiplicado el reflejo de la linterna a través de las lágrimas.